Die Frau im roten Kleid

Der Autor

Joachim Widmann ist ein Berliner Medienmanager und Journalist. Er war unter anderem Chefredakteur einer Nachrichtenagentur und einer Regionalzeitung und ist heute Mitinhaber und Leiter zweier Journalistenschulen.
2015 erschien sein erster Roman, **„Schmitts Hölle – Verrat.“**

„Die Frau im Roten Kleid“ spielt etwa fünf Jahre früher als „Schmitts Hölle“.

Alle Ereignisse, Personen, Handlungen und Orte sind, so weit nicht historisch, frei erfunden. Eventuelle Namensgleichheiten sind rein zufällig.

***

Weitere Thriller mit Sibel Schmitt:

SCHMITTS HÖLLE – Verrat. ISBN: 978-3-7412-9978-0

SCHMITTS HÖLLE – Countdown. ISBN: 978-3-8482-1681-9

Von Joachim Widmann ebenfalls verfügbar:

„Dich kriegen wir weich“ - Leben im Unrechtsstaat DDR

Neuausgabe der Reportage von 1997 mit aktuellem Vorwort, erhältlich als E-Book

Joachim Widmann

Die Frau im roten Kleid

Ein Thriller mit Sibel Schmitt

Short Thriller

Bibliografische Information der Deutschen Nationalbibliothek:
Die Deutsche Nationalbibliothek verzeichnet diese Publikation in der Deutschen Nationalbibliografie; detaillierte bibliografische Daten sind im Internet über http://dnb.dnb.de abrufbar.

© 2016 **Joachim Widmann**

Illustration/Cover: **Michael Karg**
michael@kargistan.de

Bildmaterial: Foxy_A – „Dark Blood", Fotolia.com

Lektorat: **Krista Maria Schädlich**

Herstellung und Verlag: BoD – Books on Demand, Norderstedt

ISBN: 978-3-8482-1661-1

In den als „Vertrauenssache" eingestuften
„Richtlinien für die Zusammenarbeit der
Verfassungsschutzbehörden, des Bundesnachrichtendienstes,
des Militärischen Abschirmdienstes, der Polizei
und der Strafverfolgungsbehörden
in Staatsschutzangelegenheiten"
vom 23. Juli 1973
wird den Geheimdiensten der Bundesrepublik Deutschland
ausdrücklich das Recht zugebilligt, polizeiliche Ermittlungen
aus Sicherheits- oder Geheimhaltungsgründen
zu behindern oder zu vereiteln.

Es liegt in der Natur der Sache,
dass diese Gründe nicht einmal der Polizei transparent
dargelegt werden müssen.

1

LKA Abteilung 1, Berlin-Tiergarten

Die zwei Lampen der Notbeleuchtung reichten gerade für Dämmerung über der Kampfsportmatte.

Lothar Frieling stand im Schatten, beobachtete die Frau.

Sie kämpfte.

In Slip und T-Shirt trat sie an gegen einen Unsichtbaren.

Schläge, Tritte, Abrollen.

Dynamische Bewegung, pulsierend in wechselnden Rhythmen, präzise. Sie rotierte auf den Fußballen. Zu schnell, dass Frieling im Zwielicht Details erkannte. Ihre helle Wäsche half, den Kampf zu verfolgen. Ein Wirbeln von Armen, Beinen.

Abschwung bedingte Aufschwung bedingte Drehung bedingte Beschleunigung bedingte Aufschwung, Abschwung, Drehung, Beschleunigung.

Ein Schattenkampf wie Tanz, ein auf den Zehenspitzen schwankender menschlicher Kreisel.

Sie trudelte, stieß vor, jeder Muskel gespannt, das Gesicht unbewegt. Drehte sich in eine Art Pirouette, öffnete die Figur, hob den Fuß auf Kopfhöhe.

Frieling hörte, wie das hohe Bein die Luft schnitt.

Sie schwang in einen Salto hinein, einen Radschlag ohne Arme. Landete lautlos, federte aus den Knien in eine neue Drehung, einen Überschlag, zwei Sprünge.

Acht, zehn, zwölf Meter Raumgewinn binnen der Schrecksekunde.

Frieling hatte nicht die Zeit zur Gegenwehr.

Sie wirbelte heran, Bein oben. Tödlich beschleunigt.

Kalkulierte sein Abducken ein.

Seine Arme hoben sich. Reflex: Kopf schützen.

Zu langsam.

Er schloss die Augen.

Schrie: „Schmitt!"

Spürte den Luftzug.

Der Hauch verwehte.

Er öffnete die Augen.

Sie stand ausbalanciert, den Fuß ein paar Zentimeter vor seiner Schläfe. Atmete tief und ruhig, Schweißglanz im Gesicht. Sagte: „Was gibt's so spät noch, Chef?" Senkte den Fuß langsam.

Er lockerte sich. „Findest du das witzig?"

„Tschuldige, wenn ich dich erschreckt habe." Keine Regung des Bedauerns. „Ich dachte, es wäre irgendein Spanner."

Er schluckte die Bemerkung. „Training im Dunkeln? Und in Unterwäsche?"

„Ich trainiere nicht. Ich reagiere mich ab." Sie tupfte sich mit dem Saum des Shirts Stirn und Hals ab. „Ich dachte, um die Zeit kommt keiner mehr."

„Abreagieren? Das war doch gut heute Nachmittag. Zwei Festnahmen, über 40 Straftaten aufgeklärt. Du solltest feiern."

Sie machte ein Geräusch zwischen Würgen und Lachen. „TA 902."

„Was?"

„Abschiebung. Die beiden Hauptzeuginnen sind wahrscheinlich schon in Istanbul. Vorbestrafte kurdische Asylbewerberinnen. TA 902 ist die Flugnummer. War nichts zu machen. Die Typen sind morgen wieder frei, sagt der Haftrichter."

„Scheiße."

„Absolut." Sie löste ihren Zopf, schüttelte ihr Haar frei. „Ich wollte dich mobilisieren. Die Arschlöcher von der Ausländerbehörde und der Bundespolizei haben mich knallhart auflaufen lassen. Ich hätte ein bisschen Chef-Power brauchen können. Wo warst du, verdammt?"

Er zog die Schultern hoch. „Fuck."

Sie stieg in ihre Jeans. „Und was willst du *jetzt*? Du bist doch sonst nicht um Neun noch hier."

„Ich hab dein Auto noch draußen gesehen, habe nach dir gesucht. Wir müssen dringend reden. Disziplinarisch."

„Oh. Personalgespräch." Sie verschränkte die Arme. „Geht das nicht während der Arbeitszeit?"

„Hier und jetzt. Oder hättest du es lieber offiziell, mit Personalrat am Tisch und Protokoll?“

„Hättest denn *du* es lieber mit Protokoll?“ Sie ahmte seine Stimmführung nach. „Wenn das so wäre, hättest du um die Zeit nicht mehr hier nach mir gesucht, oder? Für mich sieht das hier verdammt inoffiziell aus.“

Er reckte das spitze Kinn. „Behandle mich nicht wie einen deiner Verdächtigen.“

„Dann sag endlich, was ist.“

„Jemand hat mich zum Abendessen eingeladen und zwei Stunden lang auf mich eingeredet. Zusammenfassung: Du bist am Ende. Deine Karriere ist erledigt, wenn du so weiter machst.“

Sie grinste. „Und deine auch, oder? Es geht nicht nur um mich. Wenn du mich nicht stoppst, hast *du* die am Hals. Und *jemand*? Wer?“

„Vertraulich. Ist noch nicht sicher, ob du es schriftlich kriegst.“

„Sag es mir.“

„Damit du dich an ihn hängst wie eine Klette? Oder er auf deiner Korrupten-Liste landet? Ziel eines deiner verbissenen Feldzüge wird?“ Er hielt ihr den Zeigefinger vors Gesicht. „Damit du es weißt, Kollegin: Ich hab es satt, dir den Rücken zu decken. Du reitest mich mit rein. Dein Bonus ist aufgebraucht. Du könntest dreimal Einser-Juristin sein, deine Spitzen-Aufklärungsquote haben, könntest *noch* ein paarmal Kickbox-Meisterin werden: Deine Extratouren löschen all das aus. Weißt du, dass es in deiner Personalakte einen Vermerk gibt, warum das LKA den Verdienstorden des Landes Berlin für dich abgelehnt hat?“

Sie zuckte mit den Schultern. „Ich wusste nicht mal, dass ich dafür nominiert war.“

„Dazu ist es ja auch nicht gekommen. Dabei sind die voll des Lobes, listen alles auf, deine ganze Mustermigrantinnen-Geschichte vom Ehrenmordversuch deines Cousins über dein Top-Abitur und das Super-Studium bis zu deinen herausragenden Ermittlungserfolgen und deinem besonderen Einfühlungsvermögen für traumatisierte Zeuginnen. Und was, meinst du, kommt dann?“

Sie leierte es herunter: „Kriminalhauptkommissarin Sibel Schmitt ist unberechenbar in ihren Alleingängen; Sibel Schmitt ist auf manche Täter fixiert; Sibel Schmitt ist gewalttätig, nimmt ihre Fälle persönlich, ist die Jeanne d'Arc des Sittendezernats …“

„Du klingst, als könnte dir nichts gleichgültiger sein.“

„Weil das Scheiße ist. Kinderkacke. Ich nehme an, es gibt auch ein, zwei Kernsätze über die verfolgte Unschuld eines Gregor Krätz, gegen den ich ganz ungerechtfertigt eigenmächtig ermittle?"

„Du hast absolut nichts in der Hand."

„Er ist ein Gangster. Jeder weiß es. Warum also interessiert es nur mich?" Sie zog die Schultern hoch. „Steht denn auch drin, dass alle Beschwerden gegen mich bisher ins Nichts laufen?"

Er nahm die Hände hoch, wie um sie abzuwehren. „Okay. Nicht nur als Chef, sondern auch als einer, der dir immer gewogen war, sage ich dir nun, was du tun wirst. Diese jüngste Beschwerde der Staatsanwaltschaft ist ernst. Sie findet im Präsidium Unterstützung. Ich kann mich für dich einsetzen, aber nur, wenn du mal Ruhe gibst. Rette dich erstmal aus der Schusslinie. Nimm freie Tage, Überstunden hast du ja genug. Verschwinde einfach für ein paar Wochen. Wenn du schon nicht dauerhaft klein beigibst, zieh wenigstens mal eine Zeitlang den Kopf ein."

Sie stieg in ihre Stiefel, bückte sich, zog die Reißverschlüsse zu. Richtete sich auf. Blickte von der Höhe der Absätze auf Frieling herab. Das Licht der Lampe über ihr und tiefe Schatten modellierten eine Skulptur aus Wangen- und Schläfenknochen, dem Schwung der Lippen, der Rundung des Kinns. Die Augen schimmerten in dunklen Höhlen. „Ich hab's eh satt. Ich will Zeit mit meiner Tochter verbringen. Ausspannen. Schau in deine E-Mails, da liegt der Antrag schon. Das Papier ist in der Hauspost." Sie drehte ab. „Wenn was ist, ruf nicht an."

Und ging.

***

Berlin-Mitte

Fedor hob das Bündel aus dem Kofferraum. Ein Riese im Rot der Rücklichter. Sein Schatten tanzte über die Brandmauern.

Graffitti im Zwielicht. „ANTHEM", „neemo on top", „IAIM", „Riot Gier" …

Krätz hielt die Taschenlampe, klappte seinen Kragen hoch gegen Wind und Schnee.

Eine S-Bahn fuhr vorbei.

Krätz verfolgte sie mit den Augen. Über den Häusern leuchtete der Fernsehturm in einer Halo aus Schnee.

„Sie sollten nicht an Exekutionen teilnehmen", sagte Fedor. „In Ihrer Position."

„Weichei." Krätz war hinter Atem. Blut rauschte in seinen Ohren. Er hatte noch keine Drogen genommen: Das Leben selbst rauschte da. Der Kick, als der Inhalt des Bündels vor seine Füße rollte.

„Ich will nicht sterben", wimmerte die Frau. „Ich will nicht sterben. Ich mach alles, was Sie wollen." Sie wand sich gegen die Fesseln. Hatte Mühe, sich aufzusetzen.

Krätz leuchtete ihr ins Gesicht. Tränen, verschmierte Schminke.

Asiatin, ganz hübsch, schon älter.

„Es ist nichts Persönliches", sagte Krätz. „Bedank dich bei deinem Mann."

Fedor zog sie am Arm auf die Knie, zerschnitt die Fesseln.

„Ich hab nichts getan, bitte, ich …"

„Er braucht eine Lektion. Aber wir brauchen *ihn* noch", sagte Krätz.

Sie flehte wieder: „Bitte …" Getrieben von einer irren Hoffnung, Angst, oder von Furcht vor Schmerz. Oder von allem zusammen.

Scheißegal.

„Halts Maul. Zieh dich aus." Es ist wie immer, dachte Krätz: Macht siegt. Macht, Dominanz.

Niemand richtete eine Waffe auf die Frau.

Noch nicht.

Die letzte Brache an der Spree, mitten in der Stadt. Die Ruine mit dem Schornstein auf der anderen Seite des Flusses, Gebäude links und rechts, fensterlose Giebel. Vor dem Bretterzaun rauschte der Verkehr.

Das Tor war unverschlossen, seit Fedor es aufgebrochen hatte.

Sie hätte schreien, kämpfen, die Flucht versuchen können. Aber sie folgte seinem Befehl. Hastig, zitternd.

Fedor zog den Plastik-Overall über seinen Anzug.

„Stell dich hin, Hände im Nacken", befahl Krätz der Frau. Nahm das Telefon aus der Tasche, schaltete auf Aufnahme. Die LED im Rücken des Gehäuses leuchtete auf. Das Bild auf dem Display war verwischt, verpixelt. Aber es würde reichen.

„Ich sage auch nichts, wenn ihr mich laufen lasst …"

„Wenn wir dich laufen lassen, bist du wertlos", stellte Krätz fest.

Fedor zückte die Waffe.

Krätz trat einige Schritte zurück, gegen den Wind. High Speed-Partikel konnten meterweit fliegen. Blutige Mikro-Spuren, verräterisch, voller DNS.

Fedor zielte auf ihren Kopf.

Sie schloss die Augen.

Er ließ die Waffe langsam sinken. Schoss auf ihr Knie.

Ein ungenauer Schuss schräg von oben. Die Kugel fetzte seitlich aus ihrem Bein.

Sie schrie, knickte ein, zuckte, stöhnte, hielt sich das Bein.

Fedor beugte sich über sie, zielte, schoss auf das andere Knie.

Die Frau verlor das Bewusstsein.

Krätz stoppte die Aufnahme.

Fedor zerrte die Frau auf die Plane, fesselte sie mit Klebeband, rollte sie wieder zum Bündel zusammen. Pellte sich aus dem Overall und warf ihn mit ihrer Kleidung in den Kofferraum des BMW. Leerte einen Benzinkanister in den Kofferraum, schloss die Klappe. Entzündete einen Grillanzünder und legte ihn aufs Hinterrad.

Verzögerung: fünf bis zehn Minuten. Dann würde der Reifen brennen. Eine Minute später das ganze Auto.

Fedor schulterte das Bündel, ging zum Mercedes. Sein Gang im Schnee war der eines Seemanns, breitbeinig.

Krätz rutschte auf seinen Ledersohlen hinterher.

Fedor ließ das Bündel in den Kofferraum gleiten.

„Fahr mich zur Party", sagte Krätz.

Die Frau im Kofferraum.

Noch so ein Kick: Macht über Leben und Tod.

***

Aus einer Mail der Kriminalhauptkommissarin Sibel Schmitt an den Polizeipräsidenten (Reaktion auf die Dienstbeschwerde der Staatsanwaltschaft)

... also erwarte ich, dass ich nicht nur nicht weiter an meinen Ermittlungen gegen Gregor Krätz gehindert werde, sondern dass endlich eine Dezernate übergreifende Kommission gebildet wird.

Aus meiner Sicht ignoriert die Staatsanwaltschaft, falls sie weiterhin die Eröffnung eines oder mehrerer Verfahren gegen Krätz verweigert, hinreichend belegbaren Verdacht gegen Krätz auf zahlreiche schwere Delikte und Beihilfetatbestände, u.a. Bestechung.

Womit wir wieder beim Thema Staatsanwaltschaft wären ...

***

Berlin-Mitte, Potsdamer Platz

Wenn er sich an Layla erinnert, beginnt diese Erinnerung mit diesem magischen ersten Moment, den er wahrnahm in der Überschärfe des Kokainrauschs.
Sie musste gerade hereingekommen sein. Sie fiel auf. Unmöglich, sie nicht gleich zu sehen.
Lag es an ihrem Gang, ihrer Größe auf den hohen Absätzen, den riesigen schwarzen Augen im Titelbild-Gesicht, das wie ungeschminkt wirkte, irritierend jung, verwirrend mitgenommen durch die Narbe, die sich von der Stirn über die linke Wange zog?
Oder lag es an dem Kleid?
Es war hoch geschlitzt, schulter- und rückenfrei, ein Hauch von Stoff, der im Licht der Kronleuchter selbst zu strahlen schien in diesem verwegenen Rot.
Er unterhielt sich gerade mit irgendeinem Wichtigtuer aus irgendeinem Ministerium, einem Typen, wie er sie im Dutzend kaufte, um seinen Geschäften in Ruhe nachgehen zu können.
Sie ging durch den Saal mit einem angedeuteten Lächeln, zurückhaltend, etwas schüchtern. Es lag mädchenhafte Anmut in ihren Bewegungen, ihrer Haltung, ihrem Ausdruck.
Köpfe drehten sich nach ihr, sie wurde mit den Augen verfolgt, gemustert, bewundert.
Sie erwiderte keinen Blick, reagierte nicht auf Gesten.
Fremde unter Fremden. Eine Verlorene.
Sie stoppte neben ihm an der Bar. Er konnte nicht anders, als sich mitten im Wort seines Gegenübers umzudrehen nach der Schönheit in diesem Kleid.
Es war nur mit einem Kettchen an ihrem Hals befestigt.
Sie bemerkte die Bewegung, warf ihm einen Blick zu, gleichgültig, taxierend.
„Bestellen Sie jetzt nicht wie wir Sterblichen einen Wein oder ein Bier", sagte er.
„Was meinen Sie?" Ihre Stimme war tief, etwas heiser.
„Sie müssen eine Elfe sein, eine Fee. Sie leben von Pollen und Nektar, baden in Tau." Er meinte jedes Wort.
Sie lächelte. Strich ihr Haar zurück. Es war schwarz, glänzte bläulich im Licht der Strahler über der Bar. „Ich verstehe nicht?"
Was war das für ein Akzent?

Er hatte sich ihr bisher nicht ganz zugewandt. Nun hielt er ihr die Hand hin. „Gregor Krätz. Entschuldigen Sie bitte, wenn ich Sie irritiere. Ich bewundere Ihre Schönheit mit Ehrfurcht."

Sie reichte ihm die Hand. Er fing sie bei den Fingerspitzen und hauchte einen Kuss darauf. Er spürte, dass sie sich zurückhielt, um ihm nicht spontan die Hand zu entziehen, aus Überraschung.

Eine schmale Hand, die Fingernägel poliert, nicht lackiert. Sie duftete nach Zigaretten und sehr wenig Parfum.

Als er sich aufrichtete, lächelte sie, die Hand zwischen seinen Fingerspitzen lassend. „Welch ein Konflikt. Ich bin Fee oder Elfe nur, wenn ich mich auf Ihren Flirt nicht einlasse. Ich müsste als Wölkchen verwehen, um Ihr Traum zu bleiben."

„Dann tun Sie das bitte gleich, ehe Sie mich vollständig gefangen haben."

Sie sagte dem Barmann: „Champagner, bitte."

Krätz: „Für mich auch."

„Sie sehen, Nektar reicht mir nicht. Ich bin eine Sterbliche wie alle anderen. Traum vorbei." Sie entzog ihm die Hand, um nach dem Glas zu greifen.

„Auf die Schönheit", sagte er.

„Das ist ein Klischee."

„Dann auf den Punkt, an dem Klischees die Realität berühren."

Sie stießen an, nippten an ihren Gläsern. Sie wandte den Blick nicht von ihm. Er starrte in ihre Augen. Zoomte drogenscharf in die Schwärze, versank. Ihm war heiß. „Wer sind Sie?"

„Layla."

„Layla. Schöner Name."

„Die Nacht."

„Der Name passt zu Ihren Augen. Sie haben phantastische Augen. Wie der sternklare Himmel. Sind Sie Araberin?"

Sie schüttelte den Kopf. „Wer sind Sie, Gregor Krätz?"

Er machte eine Handbewegung, die die ganze Party einschloss. „Ich bin der Mann, der für seine Party das alte Esplanade mietet, und die halbe Regierung kommt."

Sie lächelte. Trat einen Schritt näher. Noch einen. Einen kleinen. Sie war auf ihren Sandalen fast einen Kopf größer als er. Eine unglaubliche Präsenz. Er spürte die Wärme ihres Körpers durch den Stoff des Kleids. Blickte auf den Punkt zwischen ihrem Hals, an dem eine Ader pulsierte, und der Grube über dem Schlüsselbein. Ihre Hand streifte über seinen Ärmel, ihr Arm berührte zart

und leicht seine Schulter, seinen Nacken. Eine Umarmung wie ein Mondlicht-
strahl, dichtete sein überreiztes Hirn.

„Schade", hauchte sie in sein Ohr. „Bis eben war es ein nettes Gespräch." Er
bekam Gänsehaut. Zog sie an sich, seine Nase an ihrem Hals, die Stirn in ihrem
Haar, die Hände auf der kühlen Haut ihres Rückens. Zumindest versuchte er, sie
an sich zu ziehen. Sie entzog sich seinem Griff mit einer Drehung, sanft, flie-
ßend, nachdrücklich.

Sie ging langsam, mit solcher Entschlossenheit, dass sich vor ihr eine Gasse
öffnete. Das Kleid entblößte ihre Beine. Alle schauten ihr nach. Dann blickten
sie Krätz an. Er hob sein Glas und trank den Leuten zu, kam sich dumm vor.

Er entschied, dass es ihm gleich war, wie ein Trottel auszusehen. Stellte das
Glas hart auf den Tresen. Eilte durch die Gasse, die sich schon wieder schloss,
der Frau hinterher ins Foyer.

Sie war nicht an der Garderobe. Er stürmte hinaus in die Kälte. Der Ostwind
peitschte Flocken ins Sony Center. Krätz eilte einige Schritte nach rechts, nach
links, um noch die nächsten Winkel zu überblicken.

Nichts.

***

Aus einer E-Mail von Dezernatsleiter Lothar Frieling an KHK Sibel Schmitt (beide LKA)

Verdammt, Schmitt, es kann nicht dein Ernst sein, dir so eine Blöße zu geben. Mündlich ginge das ja noch gerade so. Aber mit einer solchen Mail provozierst du geradezu die Suspendierung. Da scheitert deine ganze Intelligenz. Und ich sagte noch: Stillhalten! Was zum Teufel ist dein Verständnis davon? Jetzt erst recht, oder was? ... Ich habe es gerade noch mal auf eine schriftliche Verwarnung abmildern können. Aber jetzt halte auch wirklich still!

Sibel Schmitt an Lothar Frieling

Sorry, Chef, musste sein. Du kennst die verdammt guten Gründe dafür so gut wie ich: Könntest dich ja selbst darum kümmern. Aber jetzt ist Ruhe. Ich versuche, eine Andere zu werden. Gruß S.

***

Berlin

Krätz zückte sein Handy. Vierter Versuch. Es klingelte dreimal. Der Mann, den sie Hakim, den Albaner, nannten, nahm ab.

„Wer ist diese Layla?"

Der Albaner brauchte eine Sekunde, um zu schalten. „Hallo Gregor. Geht's gut?"

Krätz war nicht nach Floskeln. „Erzähl mir was von Layla", forderte er.

„Was ist mit ihr?"

„Sie ist doch mit dir zu meiner Party gekommen, oder? Hat man mir jedenfalls gesagt."

„Ja. Sie ist eins von meinen Mädchen."

„Wo hattest du sie bisher versteckt?"

„Nirgendwo. Ich war halt einfach mit anderen unterwegs."

„Erzähl mir etwas über sie."

„Sie ist Kurdin. Ihre Familie ist bei irgendwelchen Kämpfen umgekommen."

„Hat sie daher die Narbe?"

„Kann sein. Sie redet nicht viel. Ist ja meistens auch besser so."

„Illegal hier?"

„Ja."

„Also, wie sieht es aus?"

„Was meinst du?"

„Was ist sie wert? 30.000? 50? 100.000?" Krätz musste seine Sprechgeschwindigkeit bremsen. Seine Lippen waren taub. Er hatte sich den Rest Kokain ins Zahnfleisch gerieben. „Sie ist schon älter, so viel kann es nicht sein. Wie alt ist sie? Neunzehn? Zwanzig?"

„Schau sie dir an. Die Typen stehen absolut auf sie."

Krätz lachte nervös. „Meinetwegen, na gut. Also, wie viel?"

„Sie ist nicht zu verkaufen."

„Sie arbeitet doch als Nutte ihre Schulden bei dir ab."

„Unter anderem."

„Wieso, was noch?"

„Sie ist sehr helle. Sie kümmert sich mehr und mehr ums Geschäft. Sie schafft kaum noch an. Sie ist eh sehr verkrampft beim Freier."

„Ich übernehme sie. Ihre Schulden plus Zinsen plus 30 Prozent Ablöse."

„Nein."

„40 Prozent.“

„Nein.“

„Wieso? Es ist ein Geschäft. Du hast sie gekauft, du kannst sie verkaufen. Was ist das Problem?“

„Ich kann sie dir nicht verkaufen.“

„Sag nicht, dass sie frei ist. Ein Mädchen schafft nie, sich freizukaufen. So gut kann keine arbeiten. Oder fickst du sie?“

„Sie ist anders. Wenn du was von ihr willst, musst du mit ihr selbst reden.“

„Neuerdings muss ich also deine Schlampen um eine Audienz bitten?“ Krätz spürte die Spannung in seinen Nackenmuskeln, die einen Wutanfall ankündigte. Sein Gesicht wurde heiß. „Hab ich mich nicht klar genug ausgedrückt, du Scheißer? Ich will die Nutte, und ich will sie jetzt. Muss ich dich an die gute, alte Zeit erinnern? Ohne mich wären deine Pissbuden pleite gegangen.“

„Ich schulde dir nichts mehr.“

„Deine Bumsclubs würden nicht mehr existieren ohne mich. Kein Schwein hätte dir für die Spelunken einen müden Cent gegeben. Du gehörst mir, verstehst du? Du spurst, oder ich schicke dir zwanzig Mann, die mit Baseballschlägern bei dir aufräumen.“

Der Albaner brauchte ein paar Sekunden und antwortete hinter Atem: „Okay. Ich rede mit ihr.“

„Siehst du, ich danke dir, mein Lieber.“ Krätz übertrieb den Überschwang.

„Aber ich verkaufe nicht. Ich vermiete.“

„Du weißt, wo ich wohne. 19 Uhr. Sie soll das rote Kleid tragen.“

***

LKA Abteilung 1, Berlin-Tiergarten

Sie hatte das Fenster des Büros geöffnet, um den Rauch hinauszulassen, während sie die Akte noch einmal durchging. Dokumente, Notizen, Ausdrucke aus dem Informationssystem Inpol, Kopien aus Akten ausländischer Behörden mit angehefteter Übersetzung.

Rote Karteireiter markierten offene Fragen. Sie sprang durch alle Bände, von Reiter zu Reiter.

Sie hätte ihre Krätz-Akten im Schlaf aufsagen können. Blatt für Blatt, alle bibliografischen Daten, bis hin zur Beschaffenheit des Papiers.

Aber das Blättern beruhigte und focussierte sie.

Sie mochte es, im Büro zu sein, wenn sie keinen Dienst hatte, und der Kollege vom Schreibtisch gegenüber auch nicht.

Ihre Art der Meditation.

Der Brief störte. Sie nahm das Schriftstück auf, das im behördengrauen Umschlag in ihrem Fach gelegen hatte.

„Schriftliche Dienstanweisung."

Sie presste zwei Fingerspitzen an die Narbe in ihrem Gesicht. Schloss die Augen. Spürte dem Schmerz nach.

Sie konnte ihn fast hören, den schnarrenden Ton des Schreibens.

„... sehe ich mich ungeachtet Ihrer unzweifelhaft herausragenden Leistungen gezwungen, Ihnen nachdrücklich zur Kenntnis zu geben, dass jeder weitere eigenmächtige Schritt in Sachen Gregor Krätz u. verbundene Personen wie auch weitere Anschuldigungen gegen und weiterer Druck auf Kollegen oder auf Vertreter der Staatsanwaltschaft ernsthafte dienstrechtliche Konsequenzen für Sie nach sich ziehen werden."

Eine Unterschrift so arrogant ausladend und unleserlich, wie man sie sich nur ganz oben im Präsidium erlaubte. Diese bürokratische Sprache mit den gestelzten Verstärker-Füllworten.

„Unzweifelhaft", „nachdrücklich", „ernsthaft".

Lächerlich.

Sie erhob sich, schloss das Fenster. Räumte die Akten in den Schrank. Stellte den Ascher in die Schreibtischschublade.

Zerriss die Dienstanweisung mit präzisen Bewegungen in vier etwa gleichgroße Stücke, stapelte den Umschlag dazu, riss alles noch einmal durch und ließ die Schnipsel in den Papierkorb fallen.

„... sehe ich mich ungeachtet Ihrer unzweifelhaft herausragenden Leistungen gezwungen, gemeinsam mit meinem Kumpel Gregor Krätz die Gleichheit vor dem Strafrichter und den ganzen Rechtsstaat zu ficken", murmelte sie. Kickte den Plastikeimer, dass er durch den Raum schoss und am Heizkörper umkippte. „Mit freundlichen Grüßen, Kriminaloberarsch."

Sie ging den Gang entlang zum Waschraum. Trank einen Schluck am Wasserhahn. Schaute in den Spiegel über dem Waschbecken.

Das harte Neonlicht verzieh nichts.

„Du bist zu nervös", sagte sie ihrem Spiegelbild. Starrte sich an. Beherrschte und beseitigte die Spannung um ihre Augen. Die senkrechte Falte an der Nasenwurzel verschwand.

***

Berlin-Karlshorst

„Sie ist anders", klang Krätz in den Ohren.

In der Tat: Layla war anders.

Fedor, sein Sekretär und seine rechte Hand, versuchte, Erkundigungen über sie einzuholen. Doch es war, als gäbe es sie nicht. Niemand kannte Layla. Nur der Albaner, der nicht Hakim hieß und kein Albaner war, sondern alternder B-Promi, früherer Alba-Spieler und ehemaliger Prinz der Berliner Halbwelt, mehr schlecht als recht in den Branchen Prostitution, Drogenhandel, Glücksspiel, Schutzgeld und Kredithehlerei unterwegs.

„Sie verstoßen gegen Ihre Grundsätze, wenn Sie sie an sich ranlassen", sagte Fedor.

„Hast du sie gesehen? Du hast sie doch gesehen", antwortete Krätz gereizt. „Wie schön sie ist."

„Sie müssen sicher gehen. Nehmen Sie sich wenigstens Zeit, zu klären, ob sie sauber ist."

Zeit, Zeit, wollte Krätz schreien. Ich bin zu alt, um auf etwas zu verzichten, was ich unbedingt will. Er winkte ab. „Lass mich."

Der Konflikt erzeugte ein Gefühl der Gefahr und des drohenden Kontrollverlusts. Zugleich lenkten ihn Gedanken an die Frau ab. Ihr Blick, ihr schlanker Leib in dem roten Kleid, die hoheitsvolle Haltung. Die Narbe, die die Perfektion ihres Gesichts mit einer Brutalität störte, die Krätz erregte. Er fühlte sich um 40 Jahre jünger.

Er war von ihr besessen wie lange nicht mehr. Ein gutes Gefühl, aber auch beunruhigend.

Der Nachmittag verging in Trübnis und Schneetreiben. Es wurde vor dem Arbeitszimmerfenster kaum dunkler, als sich der Abend über Karlshorst senkte.

Den Kopf voller flirrender Bilder von Layla, prüfte Krätz eine Rechnung zum vierten Mal und kam wieder auf einen anderen Endbetrag. Er klappte sein Notebook zu, unbehaglich in seinem Seiden-Hausmantel, ließ den Blick durch den Raum schweifen und empfand nicht dieselbe Genugtuung wie sonst. Die italienischen Möbel, die Sitzgarnitur aus Leder in Crème, die Lampen, teuer wie ein Mittelklassewagen, die Giacometti-Skulpur, der Kiefer an der Wand: Originale.

Würde sein Wohlstand sie beeindrucken? Wie wahrscheinlich war es, dass sie, wie alle anderen, in seinen Augen rasch unattraktiv würde beim Versuch, ihn als Sugar Daddy zu gewinnen?

Dumme Kälber. So sollte es nicht sein. So machte es keinen Spaß. So war es aber immer.

Er blickte auf seine Rolex. Kurz nach 17 Uhr. So unkonzentriert hatte es wenig Zweck, weiter zu arbeiten. Auf dem Weg ins Souterrain schaute er in Fedors Arbeitszimmer. „Und?"

„Nichts Neues. Ich sagte ja schon, sie existiert nicht. Das hatten wir noch nie mit einem der Mäd…"

„Nicht wieder Layla. Ich rede von unserem Lieblings-Geschäftspartner Scherwandt. Hast du alles auf den Besuch vorbereitet?"

Fedor deutete auf einen weißen Smartphone-Karton. „Eben abgeholt. Wir werden auf Schritt und Tritt wissen, wo er ist und was er treibt. Als wäre er wieder in unsere Gegend gezogen. Ich brauche aber zwanzig Minuten, um seine Daten draufzuladen, ehe ich es gegen sein iPhone austausche."

Krätz grinste. „Die wirst du haben. Kokain, Champagner und Layla. Eine Poolside-Party vom Feinsten. Er wird total den Überblick verlieren. Er merkt auch ganz sicher nicht, dass mit seinem Telefon was nicht stimmt?"

„Es ist komplett identisch, bis auf Teile des Betriebssystems. Nachteil ist, dass er Updates angezeigt bekommt, sie aber nicht durchführen kann. Wenn er das reparieren lässt, sind wir draußen."

„Bis er das geschnallt hat, wissen wir mehr über ihn, als ihm lieb sein kann. Hauptsache, es kann keiner nachverfolgen."

Fedor schüttelte den Kopf. „Meine Freunde in Moskau haben schon ganz andere Systeme gehackt als das iPhone. Wenn das Betriebssystem repariert wird, überschreibt man dabei den Hack automatisch, ohne dass eine Spur bleibt. Er wird gar nicht bemerken, dass wir mithören."

„Das wollte ich hören. Guter Mann."

„Darf ich Sie noch einmal darauf hinweisen, dass wir von dieser Layla nicht das Geringste wissen …" Durch Fedors russischen Akzent klang der Satz in Krätz' Ohren noch etwas gestelzter.

Er brummte: „Ich werde ihr auf den Zahn fühlen. Rausschmeißen können wir sie immer noch."

„Chef, ich bitte darum …"

„Nein", unterbrach Krätz. „Was ist plötzlich mit dir? Sie ist doch nicht die Erste. Eine Nutte, wahrscheinlich illegal in Deutschland, wahrscheinlich ohne jede Bildung. Was kann sie tun? Was soll passieren? Erklär mir das."

„Sie ist ein Phantom. Wir hatten noch nie eine hier, die praktisch aus dem Nichts kam."

„Lass mich in Ruhe.“

Er musste etwas gegen seine wachsende Missstimmung tun. Er stieg ins Souterrain hinab, schaltete die Sauna auf 85 Grad, streifte den Hausmantel ab, setzte sich auf den Heimtrainer.

Er hasste, was er in der Spiegelwand sah. Zumal es nicht zu seinem Selbstgefühl passte. Vielleicht konnte er nicht mehr jeden besiegen mit dieser Mischung aus roher Gewalt und Überraschung, aber mit den meisten würde er noch fertig werden.

Danach sah er nicht aus. Er sah aus wie ein alter Mann, der mal fett gewesen war.

Auf ärztlichen Rat – „Sie werden bald 75, Ihre Beine werden 220 Pfund nicht mehr lange tragen wollen, wenn nicht das Herz vorher aufgibt“ – hatte Krätz abgenommen. Training und Disziplin. Er war wieder so schlank wie mit 50.

Aber die alte Fülle hing ihm nun als welke Hautlappen vom Leib.

Schon seit Monaten wollte er den Spiegel übermalen lassen.

Er wagte nicht die kosmetische Korrektur. Vor Chirurgie fürchtete er sich.

Er mochte sein Gesicht, das wieder schmal und scharf geworden war und dank Sonnenbankbräune und Botox jugendlich-vital wirkte, wenn auch vom Kinn die Haut hing.

Er stellte den Trainer auf Bergtour ein und trat in die Pedale. Schaffte 23 km/h Durchschnittsgeschwindigkeit an der Steigung. Hätte damit die meisten Jüngeren abgehängt.

Wenn nur dieser traurige, schlaffe Leib nicht wäre. Wie der eines Fremden.

Der Saunaofen piepte: Temperatur erreicht.

Krätz verdämmerte zwei Viertelstunden in der Hitze. Bekam den Kopf nicht frei. Er konnte nicht das Schneebad genießen. Ein seltener Spaß in Berlin, eine Erinnerung an seine Zeit als junger Mann in Russland.

Er duschte sich ab und schwamm zwei Runden im Pool. Achtete darauf, dass nicht viel Wasser verspritzte. Der weiße Marmor an Boden und Decke sollte makellos wirken im indirekten Licht aus dem Becken. Für den Effekt war das Wasser grünlich gefärbt; Krätz' eigene Idee. Der Lüster über dem Esstisch an der Panoramascheibe und die Laternen draußen an den Säulen zauberten eine surreale Sommerstimmung auf die schneebedeckte Terrasse.

Der Tisch an der Glaswand war gedeckt.

Layla sollte ihm gegenüber sitzen.

***

Berlin-Schöneberg

Anselm Schmitt kräuselte die Stirn. „Wenn du bisher nicht übertrieben hast, ist Krätz so ziemlich der übelste Typ, dem du jemals auf die Spur gekommen bist. Vergewaltigung, Mord und den ganzen Straftatenkatalog einmal rauf und einmal runter, seit Jahren immer wieder unter Verdacht, aber nie belangt – und nun soll es ihn erwischen, nur weil jetzt du gegen ihn antrittst?"

Sie berührte den Spiegel am Kleiderschrank fast, als sie die Lidstriche prüfte. Mit schnellen Bewegungen betupfte sie die Sommersprossen auf ihrem Nasenrücken mit Concealer. „Wird Zeit, dass überhaupt jemand gegen ihn antritt."

„Du riskierst dein Leben."

„Ich bin kein Anfänger."

„Du bist persönlich involviert, weil er Geschäfte mit Minderjährigen macht."

Sie strich ihr Haar zurück, begutachtete sich. „Missbrauch ist illegal. Lass mich aus dem Spiel."

Er schüttelte seinen blonden Lockenkopf. „Du musst deine Fixierung überwinden. Dein Cousin ist tot, dein Onkel in Haft – du musst das Trauma hinter dir lassen. Bau es in dein Leben ein, statt es immer wieder an neuen Fronten zu bekämpfen."

Sie drehte sich um, presste die Fingerspitzen gegen die Narbe in ihrem Gesicht. „Dieses Gespräch nervt mich. Die Routine darin. Deine scheiß-professionelle Psychologen-Ruhe und die ehemännliche Besorgnis. Als würde ich ohne dies *nicht* damit leben. Ich habe jeden verdammten Scheißtag die Flashbacks von meinem Onkel und meinem Cousin, sehe ihre schwitzigen Gesichter vor mir, wie sie sich an mir befriedigen. Stell dir vor, ich erinnere mich lebhaft, mein Schatz: Ich war dreizehn, vierzehn, fünfzehn, sechzehn. Und als ich dem endlich entkam, der Mordversuch. *Du* fängst immer wieder damit an, und ausgerechnet du willst mir also sagen, ich soll es überwinden? Und das, indem ich Typen wie Krätz einfach laufen lasse?"

Anselm Schmitt bemühte sich um Ruhe. „Das sage ich doch nicht. Du sollst dich aber nicht in diese Ermittlungen reinsteigern. Und vor allem solltest du keinen Alleingang versuchen."

Sie nahm das Kleid von der Sessellehne auf. Machte keine Anstalten, es anzuziehen. „Außer mir geht dem niemand nach, kapierst du? Er kauft Flüchtlingsmädchen, vermietet sie in die Prostitution, verkauft ihre Organe. Willst du wirklich, dass das immerzu weitergeht?" Sie presste den Stoff gegen ihre Brust.

„Natürlich möchte ich das nicht", sagte er sanft. „Aber ich verstehe als forensischer Psychologe auch ein wenig davon, geliebte Kollegin. Du hast bislang auf deinen Tausenden Aktenseiten keine einzige Information, die einem Staatsanwalt für eine Klage reichen würde. Es ist ja nicht so, dass du es nicht versucht hättest. Gib es auf, es hat ..."

„Damit er davonkommt? Damit es immer und immerzu weitergeht mit dieser Scheiße?" Sie sprach laut, sehr laut.

„Und wenn du auffliegst? Das hier ist etwas anderes, wie als Lockvogel in Korsett und Strapsen die Straße entlang zu spazieren, bis der Gliedvorzeiger auftaucht."

„Erzähl was Neues." Sie wandte sich zum Spiegel und stieg in das Kleid. Zog es langsam hoch, zupfte es in Position, schloss das Kettchen hinten am Hals, ordnete ihr Haar. Sagte: „Wahrscheinlich lässt er mich eh nicht nah genug heran. Ich würde fast drauf wetten."

„Wäre besser. Es ist und bleibt Schwachsinn, Sibel. Allein dass du dich auf diesen Typen, den du Albaner nennst, verlassen musst ..."

„Seit Jahren ist er ein Top-Informant, und ich kenne seine Bilanzen besser, als ihm lieb ist. Aber vor allem feiert der tagelang, wenn Krätz aus dem Geschäft ist."

Sie stieg in die Sandalen, nahm die Schultern zurück, drehte sich zu Anselm um, auf den Absätzen nun so groß wie er, neigte den Kopf, dass die Deckenspots Bernstein-Lichter ins Schwarz ihrer Augen setzten. Die Schatten im roten Stoff zeichneten ihren Körper nach, die Haut an Schultern und Armen bot perfekten Kontrast. „Und?"

Er zeigte ein nervöses Lächeln. „Absolut sensationell. Und du weißt es." Er nahm ihre Hand. „Überleg es dir. Noch ist es Zeit."

Sie entzog ihm den Arm. „Ich muss gehen. Warte nicht auf mich. Es kann später werden."

***

Berlin-Karlshorst

Krätz hörte ein Auto vorfahren, eilte ins dunkle Gästezimmer, stellte sich ans Fenster.

Die hintere Tür des Taxis öffnete sich.

Ihr Bein, weißer als der Schnee im harten Licht der Straßenlaterne, streckte sich aus dem Auto, fasste Tritt auf den Zehenspitzen, erst prüfend, dann sicher.

Sie stieg aus.

Er hatte sie weniger zart in Erinnerung. Sie sah aus wie etwas, das mit den Flocken fliegen könnte, porzellanweiß in dem roten Kleid, der Wind zerrte an ihrem Haar, dessen Schwarz alles Licht absorbierte.

Sie trug einen Schal um die Schultern, die hohen Sandalen in der linken Hand, eine Clutch in der rechten. Schritt langsam und sicher zum Tor, drückte auf den Klingelknopf.

Krätz setzte sich in Bewegung.

Fedor stand an der Haustür, die Hand auf der Klinke. „Chef, noch können Sie die Sache einfach abblasen. Ich meine, dass Layla …“

„Halt den Mund.“

Fedors Miene verdüsterte sich, er öffnete die Tür.

Krätz eilte die Treppe hinab, sah Layla im Entrée stehen, Schneekristalle glitzerten im Haar, auf den Schultern, zwischen den Zehen. Er kam sich plötzlich albern und alt vor in seiner betont sportlichen Smart-Casual-Kostümierung von Tommy Hilfiger, weiße Hose, weißes Hemd zu schwarzem Blazer und schwarzen Maß-Budapestern aus London.

„Schön, Sie wiederzusehen, Layla“, grüßte er. „Sie sind noch schöner geworden.“

Sie drehte den Kopf so, dass sein Wangenkuss verrutschte. „Sie haben den Albaner unter Druck gesetzt. Deshalb bin ich hier“, sagte sie ausdruckslos und ließ den Schal von ihren Schultern in Fedors Hände gleiten. „Vorkasse. 1500 für den Abend, 4000 für die Nacht. Handjob inklusive, die Hälfte mehr für Blasen.“

Das schüchterne Lächeln ihrer ersten Begegnung war verschwunden. Eine andere Person. Abweisend, kalt.

Krätz spürte Wut wachsen. „Der Albaner sagte, ich könne dich nicht kaufen, und jetzt soll ich praktisch genau so viel bezahlen, nur damit du mir einen runterholst?“

Sie hob die Brauen in totaler Gleichgültigkeit. „Das ist der Preis. Soll ich wieder gehen?“

„Hat der Albaner dir nicht gesagt, wer ich bin?“

„Sie sind der Mann, der bei ihm unter Drohungen die Nutte von gestern bestellt hat. Der Mann, der erst sehr charmant zu mir war und dann den Moment ruinierte.“

„Sonst hat er nichts gesagt?“

„Er hat Angst vor Ihnen. Das musste er nicht sagen. Er hätte mich sonst nicht geschickt. Von einem free ride war aber nicht die Rede.“

„Und, hast du keine Angst?“

„Sollte ich?“

Sie maßen einander mit Blicken wie Kämpfer.

Sie ließ die Schuhe fallen. Krätz erschrak, als sie aufs Parkett schlugen. „Also?“, fragte sie.

„Fedor gibt dir gleich 4000. Den Handjob kannst du behalten. Ich brauche dich als Blickfang. Ich verhandle mit einem Geschäftspartner. Du provozierst ihn. Sei kokett, lasziv. Zieh eine Show ab für ihn. Lenke ihn ab. Kannst du schwimmen?“

„Ja, wieso?“

Er lächelte wider Willen. „Es ist eine Pool-Party. In diesem Kleid machst du ihn verrückt. Ohne Badeanzug bringst du ihn zum Durchdrehen.“

„Kein Problem“, sagte sie und bückte sich, um die Schuhe überzustreifen. „Aber mehr als der Handjob kommt nicht in Frage. Falls er mehr will: nur mit Gummi, nur bei *einem* Typen, ausschließlich gegen Vorkasse.“

„Kein Problem“, sagte Krätz. „Er kommt mit seiner Frau. Die ist aufgeschlossen, aber macht nicht alles mit.“ Er blickte auf ihre Schultern. Die Knochen zeichneten sich unter der Haut ab. Am Rücken hatte sie eine Narbe, die der in ihrem Gesicht ähnelte. Eine stark konturierte, gerade Linie. Ein Schlag mit einer Stange.

Sie richtete sich auf. Er zeigte in ihr Gesicht. „Die Narben, wer hat dir das angetan?“

Sie presste die Hand an ihre Stirn, wo Narbengewebe eine Braue teilte. „Warum wollen Sie das wissen?“

„Ich interessiere mich für dich. Der Albaner sagt, du bist Kurdin.“

Sie nahm die Hand runter. Sah aus, als schmerze sie das. „Und?“

„Er sagt, man hätte deine Familie totgeschlagen.“

Ihre Kopfbewegung konnte Zustimmung bedeuten, auch Zurückweisung.

„Waren es die Türken? Wie hast du überlebt? Dachten sie, du hättest Informationen? Haben sie dich gefoltert? Missbraucht? Was haben sie mit dir gemacht?"

Sie verschränkte die Arme. „Geilt Sie das auf?"

Er biss die Zähne zusammen, verärgert, beeindruckt. Niemand wagte es, so mit ihm zu reden. „Fedor hat versucht, deinen Hintergrund zu klären. Es ist, als würdest du nicht existieren." Nicht gleich tiefer bohren. Langsam beginnen, später zustoßen, wo du selbst Sachkenntnis hast, schärfte er sich ein.

Sie fragte zurück: „Existiere ich denn, als Illegale und Schuldsklavin bei einem Zuhälter?"

„Du hättest Asyl beantragen können."

„Wenn es so leicht gewesen wäre, wär es leichter gewesen."

„Du sprichst gut Deutsch, fast ohne Akzent."

„Danke."

„Wie lang, sagst du, bist du hier?"

„Ich sagte nichts. Fast drei Jahre."

„Warum bin ich dir nie begegnet?"

„Weiß nicht."

„Lebst du mit dem Albaner?"

„Nein, in einer Wohnung mit anderen Mädchen."

„Hat er dich zur Nutte gemacht?"

„Die, von denen er mich gekauft hat. In Rumänien."

„Wer?"

„Kennen Sie sicher nicht."

„Teste mich."

Sie kreuzte die Arme vor der Brust. War es Ekel, der ihre Stimme tönte? Hass? „Der Patron nennt sich Dracul, der Pfähler. Ist aber Deutscher."

Krätz sieht Dracul vor sich, ein hageres, langes Gespenst von einem Mann, immer in Schwarz. Interessanter Typ, oder unterhaltsam, so weit Psychopathen unterhaltsam und interessant sein können. Aber: „Dracul ist letztes Jahr umgebracht worden."

„Ja? Gut so." Sie klang heiser. Wirkte, als ob sie von Draculs Tod zum ersten Mal hörte. Ungerührt, gebremst hasserfüllt.

„Von wem hatte er dich gekauft?"

„Er arbeitete mit den Schleusern zusammen. Vielleicht war er sogar der Boss."

Krätz hatte es nie geschafft, mit Dracul und seinem Netzwerk eine sichere Partnerschaft auszuhandeln. Schleusen, Kreditwesen, Schuldknechtschaft – alles in einer Hand. Autonom.

„Wie wurdest du geschleust?"

„Im Boot nach Kos. Mit der Fähre im Lkw aufs Festland. In einem anderen Lkw nach Rumänien. Für 5000 Dollar, 1200 hatte ich selbst. Sie sagten, es werde einen Job für mich geben, in einem Hotel, da könne ich meine Schulden abarbeiten."

„Und?"

„Ich war dumm. Natürlich gab es keinen Job. Nicht diesen."

„Was haben sie gemacht?"

„Sie haben mich und die anderen Neuen eingesperrt und uns Ausweise und Kleider weggenommen."

„Und?"

„Ich dachte, ich könnte darüber verhandeln."

„Was hat er mit dir gemacht, als du nicht gespurt hast?" Er spürte, wie ihm wärmer, wie sein Nacken feucht wurde bei dem Gedanken, was ihr passiert war.

Sie schüttelte den Kopf, wischte sich das Gesicht, als störten sie Spinnweben, schaute zur Seite.

„Was hat er gemacht, um deinen Widerstand zu brechen?"

Sie kramte in der Clutch, steckte sich mit zitternden Fingern eine Zigarette zwischen die Lippen. „Er hat mich … er hat …" Sie räusperte sich. „Ich kann es nicht sagen."

Dies war der Moment zum Nachsetzen. „Was hat er gemacht?"

Sie nahm die Zigarette aus dem Mund und bedeckte ihr Gesicht mit den Händen.

Er berührte sie leicht an der Schulter. Sagte, sanft jetzt: „Es ist nicht zum Aufgeilen. Ich muss wissen, ob du echt bist. Du kommst heut Abend verdammt nah an mich heran."

Layla zuckte unter der Berührung zurück, flüsterte in ihre Hände, dass er es kaum verstehen konnte. „Die Typen … Viele. Sehr viele … Perverse … Sie … Sie zahlen eine Flatrate, um … um … mich … Ich muss … Sie haben …" Sie schaute auf. „Ich kann nicht. Nicht drüber reden."

Er ließ ihr Zeit. Zwang sich, nicht seine Stirn zu wischen. Er schwitzte nun wie nach leichtem Sport. Sie zündete die Zigarette an, sog den Rauch tief ein. Er wartete, bis ihr die Stille zu lang wurde.

Sie sagte langsam, sehr leise: „Es gibt nur Wasser. Wasser und Heroin. Bis … bis ich drum bettle, dass sie mich … mich … dass sie mit mir tun, was immer sie wollen, um als Belohnung die Spritze zu kriegen."

„Flatrate-Hure. Was musstest du machen?"

Sie zitterte, schüttelte sich. „Das war's. Mehr gibt es nicht zu sagen."

„Zeig mir deine Arme." Benommen hob sie beide Arme, drehte die Innenseiten nach oben.

Spuren von Spritzen, gut vernarbt.

„Du bist wieder clean? Oder spritzt du dich jetzt zwischen die Zehen?"

„Ich bin clean."

Er schaute in ihre Augen. Pupillen auf Normalgröße, klarer Blick.

Krätz' sah die parallelen Narben an ihren Unterarmen, einige davon frisch. „Du schneidest dich?"

„Ja."

„Warum?"

Sie entzog ihm die Arme, ballte die Hände zu Fäusten, dass die Knöchel weiß hervortraten. „Erinnern ist schwer." Schüttelte den Kopf und sagte: „Schneiden ist leichter."

Krätz gab sich väterlich, als er sie so verspannt sah. „Okay", sagte er leise. „Okay. Tut mir leid. Alles. Ehrlich." Er umfing sie.

Sie versteifte sich in seinen Armen. Drückte ihn auf Abstand mit dem angewinkelten Arm, mit dem sie die Zigarette hielt.

„Entschuldige." Er löste die Umarmung. „Sag mir nur noch, wo das war, Draculs Haus? "

„Ein altes Haus in Bukarest, von den Fenstern in den Zimmern oben konnte ich diesen riesigen Palast sehen, auf der anderen Seite des Flusses."

„Hast du auch Draculs schwarzen Stock zu spüren bekommen?" Er verengte die Augen.

„Schwarzer Stock? Bei mir hat er eine Reitgerte benutzt."

Er nickte. Richtige Antwort mit geradem Blick, ruhiger Stimme.

„Dann wollen wir mal den Verlauf des Abends durchgehen", sagte er, lockerte sich. „Ich gehe mal voraus und zeige dir, wo wir sitzen werden. Um dich an deine Rolle zu gewöhnen: Du sagst jetzt du. Du und Gregor."

***

Berlin-Biesdorf

Das Handydisplay zeigte „Nummer unbekannt".

Lothar Frieling nahm den Anruf an. „Ja?"

„Wer ist dort, bitte?", fragte der Anrufer.

„Wer sind Sie denn?"

„Ich muss Herrn Frieling sprechen."

„Und wer sind Sie?"

„Scheiße, Mann. Es ist dringend. Leben oder Tod. Sind Sie Lothar Frieling, Leiter des Dezernats ‚Verbrechen gegen die sexuelle Selbstbestimmung'?"

„Und wenn?"

„Okay. Ich bin ein Kollege vom Landeskriminalamt."

„Dann haben Sie doch sicher einen Namen."

„Schenkel, Tom Schenkel vom Staatsschutz, verdammte Scheiße. Wir haben hier eine Situation. Können Sie Sibel Schmitt irgendwie erreichen?"

„Staatsschutz? Wieso?"

„Könnte es sein, dass sie sich bald bei Ihnen meldet?"

„Wozu wollen Sie das wissen?"

„Scheiße, Mann, das ist doch alles streng geheim. So viel kann ich sagen: Wir observieren ein Objekt, und Schmitt funkt uns rein, okay? Diese unkoordinierte Undercover-Aktion kann doch nur von Ihnen ausgehen! Oder wer sonst beim LKA könnte Schmitt bei der Sache führen?"

„Undercover-Aktion?"

„Tun Sie nicht so. Ziehen Sie Schmitt ab, sofort. Mal abgesehen davon, dass sie monatelange Arbeit des Staatsschutzes ruinieren könnte, befindet sich die Kollegin Schmitt in Lebensgefahr, wenn Sie im Haus der Zielperson bleibt. Kapieren Sie? In Lebensgefahr!"

Pause. Atmen. „Inwiefern?"

„Übermitteln sie ihr unbedingt, dass sie auffliegen wird, wenn sie bleibt. Sie hat vor etwa einem Jahr gegen die Leute ermittelt, die in einer guten Stunde im Haus der Zielperson erwartet werden. Die kennen sie als Polizistin. Sie war bei einer Vernehmung dieser Leute zugegen. Verstehen Sie: Die erkennen sie, und Schmitt ist im nächsten Moment erledigt."

„Ich – ich habe keine Verbindung zu Schmitt. Sie – äh – Sie wissen, wie das ist."

„Sie muss da raus, sofort. Die ganze Aktion ist idiotisch. Wie kommen Sie und Schmitt überhaupt dazu, einen Alleingang zu unternehmen? Einen Typen wie Krä... – wie diese Zielperson bringt man doch, wenn überhaupt, nur dezernatübergreifend zur Strecke!"

„Ach so? Wieso sind Sie so sicher, dass es ein Alleingang ist? Von Ihrer Aktion weiß ich doch auch nichts."

„Wir sind der Staatsschutz, Mann. Das ist etwas anderes."

„Sie haben selbst gesagt, Schmitt schwebt in Lebensgefahr, wenn sie erkannt wird. Die Aktion im LKA nicht an die große Glocke zu hängen, hätte also gute Gründe."

„Sie meinen, es gibt ein Leck im LKA?"

„Sie und ich wissen, dass in der Organisierten Kriminalität nichts ausgeschlossen ist. Und nur für den Fall, dass Sie den sogenannten Alleingang jetzt die Hierarchiebenen hinauf eskalieren wollen: Sie kommen in Teufels Küche, wenn Sie eine Kollegin durch eine unbedachte Aktion in Gefahr bringen."

„Okay. Scheiße. Okay. Falls sie sich doch meldet: Sagen Sie ihr, Scherwandts seien die Gäste, die sie erwartet. Scher wie die Schere ohne zweites e, Wandt wie Mauer mit De-Te am Ende. Scherwandt. Haben Sie das?"

„Hab ich. Danke."

***

Berlin-Karlshorst

Krätz' Geschäftspartner Scherwandt öffnete die Arme, als der Gastgeber ihm seine „Freundin Layla al Kurdi" vorstellte: „Wir kennen uns, schöne Frau, wir kennen uns … Helfen Sie mir auf die Sprünge."

Krätz musterte Layla mit hochgezogenen Brauen.

Sie starrte den Mann an wie eine Erscheinung, hustete, lachte darüber hinweg, sagte gepresst „Netter Versuch, Herr Scherwandt. Und Sie sind nicht einmal der Erste", und brachte damit alle zum Lachen, auch Frau Scherwandt, die Layla mit blauen, etwas eng stehenden Augen taxierte. Ihr Urteil behielt die Blondine für sich.

„Bodo", sagte Scherwandt, „Bodo heiße ich."

„Karin", sagte seine Frau.

„Layla." Sie küsste beide auf die Wangen, duldete während der flüchtigen Umarmung seine Hände einen Moment zu lang und einige Zentimenter zu tief im Rückenausschnitt. „Darauf müssen wir anstoßen."

„Die beiden leiten eine Klinik in Litauen", erklärte Krätz. „Wir machen Geschäfte miteinander."

„Geschäfte?", fragte Layla mit einem bemühten Lächeln, desinteressiert.

„Sehr lukrative Geschäfte", sagte Bodo Scherwandt. „Und ich bin der ärztliche Leiter." Er hob die Hände, bewegte die Finger. „Diese Fingerchen sind mehr als einen Ferrari wert …" Er grinste breit. „… im Monat."

Layla hakte sich bei ihm unter. „Ein Ferrari für Handarbeit. Erzähl mir mehr. Du bist Chirurg?"

Scherwandt: „Chirurg für alles, was man so braucht, wenn man richtig Geld hat."

Layla lachte. „Neue Nase, neue Brüste …"

„Kleinscheiß, Süße, Kleinscheiß. Damit beschäftigen sich nur Krauter."

„Was braucht man denn noch, wenn man richtig Geld hat?", fragte Layla.

Karin Scherwandt hustete, Krätz sagte: „Bodo, vielleicht möchtest du die junge Dame nicht damit langweilen."

Layla lachte wieder. „Oh, falsche Frage. Verstehe, ihr Geheimniskrämer. Ich bin schon still."

„Okay, der Champagner wartet." Krätz ging mit Karin Scherwandt voraus, die breite Treppe ins Basement hinunter. Er führte seine Gäste zum Tisch am Pool.

Scherwandt löste sich an der Glastür von Layla, um sie vorgehen zu lassen. Sie neigte den Kopf. „Zu gütig, Dr. Frankenstein."

„Ihre Hoheit … Ich komme noch darauf, woher ich dich kenne", sagte er.

Karin Scherwandt und Krätz wandten die Blicke nicht von Layla, die etwas zu rasch aus Scherwandts Reichweite trat, leichthin sagte: „Ich bin gespannt. Und schau mal: Karin auch." Die lächelte verkniffen.

Layla winkte Fedor, der beim Beistelltisch mit dem Weinkühler im Schatten fast unsichtbar war, blickte in die Runde. „Champagner?"

Das Essen stammte von einem Sternerestaurant in Friedrichshain. Fedor servierte. Krätz hatte für Layla die Rolle der Gastgeberin bestimmt. Sie schenkte den Wein nach. Weißen zur Vorspeise – schaumige, halb gefrorene Würfel, die auf der Zunge Fisch-, Pilz- und Kräuteraromen entfalteten –, Roten zum getrüffelten Kobe-Rind.

Scherwandt stellte irgendwann fest, dass sein Geschäftsführer in Litauen in zwei Monaten weniger verdiene, als Krätz für den Rotwein bezahlt habe.

Wann immer der Mann sein Besteck ablegen konnte, legte er die Hand auf Laylas Knie, schob das Kleid von ihrem Bein, strich an der Innenseite ihres Schenkels nach oben. Sie zog den Fuß aus dem Schuh und antwortete, berührte sein Bein mit den Zehen.

Sie plauderte locker, wirkte angespannt.

Krätz wandte nicht den Blick von ihr.

„Kommen wir zum Geschäft", sagte Krätz, als Fedor die Reste des Hauptgerichts abgeräumt hatte.

Karin Scherwandt war Erleichterung anzusehen. Sie hatte jede Bewegung ihres Mannes verfolgt. Sie reichte ihm eine Mappe. Zahlen in Tabellen. Scherwandt gab Krätz eine Kopie. Lehnte sich zurück.

„Achtstellig", sagte Bodo Scherwandt. „Das Ergebnis ist achtstellig." Platzierte die Hand weit oben und innen auf Laylas Schenkel. Sie zuckte zusammen, schlug die Beine übereinander. Griff nach ihren Zigaretten.

Karin Scherwandt führte das Wort. „Der Umsatz unserer kleinen Unternehmung hat sich seit der Verlagerung des Geschäfts vervierfacht. Das liegt zum einen daran, dass wir in Litauen mehr Geschäft mit reichen Russen machen als in Bad Saarow, zum anderen aber auch an lascheren Auflagen. Beziehungsweise deutlich … *flexibleren* Behörden. Wir haben daher spürbar höhere … *Verwaltungs*-Kosten."

Bodo Scherwandt legte die Mappe ab. Lehnte sich zurück.

Layla strich mit dem Handrücken an seinem Arm entlang Richtung Mappe. Hauchte sehr nah an seinem Ohr „Darf ich?"

Er nickte nur. Sie zog die Mappe zu sich, Zigarette im Mundwinkel, gelangweilt.

Karin Scherwandt sagte: „Insgesamt ist das Ergebnis deutlich höher. Die Investition in die neue Klinik hat sich zwar noch nicht amortisiert, aber wir sind auf dem besten Weg. Operativ machen wir Gewinn, Break Even in drei Jahren kriegen wir hin, wobei absehbar ist, dass wir besser sind. Aber ich gebe lieber konservative Prognosen ab."

Layla blätterte langsam durch die Mappe, das Bein an Scherwandts Bein gepresst.

„Das haben wir ja schon am Telefon besprochen", sagte Krätz.

Mit einem Ausdruck maximaler Langeweile warf Layla die Mappe auf den Tisch. Alle wandten sich ihr zu. „Entschuldigt", sagte sie, legte ihre Hand dabei auf Scherwandts Hand, als ob sie ihn unterbräche. „Möchte noch jemand einen Schluck Rotwein oder so?"

Auch Krätz blickte in die Runde, lächelnd, genervt.

„Danke", sagte die Frau.

Scherwandt drückte Laylas Hand. „Nein, im Moment nicht."

„Dann entschuldigt ihr sicher, wenn ich mich ein wenig abkühle, so lange ihr über euren Zahlen brütet", sagte Layla leichthin.

„Bitte", sagte Krätz.

Sie drückte die Kippe in den Aschenbecher, erhob sich und löste mit einer Handbewegung den Kettenverschluss ihres Kleides. Es glitt wie eine zähe Flüssigkeit an ihr zu Boden. Mit laszivem Hüftschwung schritt sie zum Pool, sprang aus der Bewegung ins Wasser.

Scherwandt schaute wie geblendet. Riss sich zusammen, sah seine Frau an. „Das ist gar keine schlechte Idee, oder?"

Die Frau verengte die Augen. Sagte hart, während sie sich Krätz zuwandte: „Warum nicht. Kommst du auch?"

Bodo Scherwandt hatte das Jackett schon abgelegt.

Krätz dachte an seinen welken Körper. Ärgerte sich, dass Layla die Pool-Nummer früher abzog, als sie besprochen hatten. „Ach, ihr jungen Leute. Geht ruhig schwimmen, ich schaue mir eure Zahlen an."

Karin Scherwandt rang mit sich. Ihr Mann war schon nackt. Mit wippendem Bauch watschelte er zum Pool und sprang ins Wasser, das an die Fensterwand spritzte. Er kraulte diagonal in Laylas Bahn, fing sie ein, die Hand auf ihrer Brust, rief: „Ich hab dich!"

Ehe Layla sich darauf einlassen konnte, sprang Karin Scherwandt in den Pool, direkt neben ihrem Mann. Er ließ Layla prustend los. Die tauchte ab, ließ sich an den Beckenrand gleiten, schwang sich aus dem Becken und war mit ein paar Schritten bei Krätz. Der starrte auf seine Tabelle.

„Du hast es also auch gesehen", sagte sie.

„Was?" Er sah sie irritiert an.

Sie zeigte auf das Blatt in seiner Hand. „Die lügen die Kosten hoch."

Er schaute auf die Tabelle. „W-wieso? Was meinst du?"

Sie warf einen Blick zu den Scherwandts, die sich im Wasser neckten. Griff über den Tisch nach der Mappe. „Ganz rasch: Du musst auf Details schauen. Auf den hinteren Blättern. Alle denken immer, sie könnten sich auf so eine Computertabelle verlassen, weil diese Programme automatisch rechnen. Deshalb schaut jeder nur auf Endsummen. Du kannst aber die Werte manuell verändern."

„Manuell verändern?" Er starrte wieder auf die Tabelle.

„Die Einzelposten sind korrekt, aber man ändert die Ergebnisse auf dem Blatt, das oben liegt. Das merkt niemand. Schau …" Sie zeigte auf einen Posten. „Belegschaft: 48, davon ein Geschäftsführer, neun Ärzte, medizinisches Hilfspersonal, Verwaltung. Teile mal die Gesamt-Personalkosten durch 48."

Er schaute sie an, dann wieder das Sheet, dann wieder sie.

Sie sagte: „Die müssten jeder im Durchschnitt mehr als 117.000 Euro im Jahr verdienen. In Litauen! 47 Mitarbeiter sogar noch mehr, denn ausgerechnet der Geschäftsführer verdient weniger, wie Bodo zum Besten gab. Du siehst es aber auch auf Seite 4. Nur die Ärzte verdienen so viel, einer mehr, das wird Bodo sein. Das Fußvolk verdient so gut wie nichts."

Krätz pfiff durch die Zähne.

„Schau mal beim Fuhrpark. Bei den Reisekosten. Unter ‚sonstige Kosten'."

Er suchte auf dem Blatt nach dem Wert.

Layla: „Außerdem addieren sich die Monatsumsätze, die einzeln gelistet sind, zu einer höheren Summe, als da steht. Das allein macht fast 110.000 Euro aus. Bist du an dem Laden beteiligt?"

Wie in Trance sagte er: „Ich hab ihn mitfinanziert und will nun meine Beteiligung aufstocken."

„Dann bestehlen die dich." Sie kreuzte die Arme vor der Brust. „Ich bin aber eigentlich aus dem Wasser, um dich zu bitten, Fedor zu sagen, dass wir nachher Handtücher brauchen." Drehte sich um, nahm Anlauf, sprang wieder in den

Pool. Legte die Hände auf Scherwandts Schultern, rief „Hab dich!" und tauchte ihn unter.

Beide Scherwandts machten im Pool Jagd auf Layla, berührten sie möglichst oft möglichst intim. Sie ließ die Avancen zu, erwiderte sie nicht. Bat nach einiger Zeit um Gnade. Hinter Atem lehnte sie sich an den Beckenrand.

Karin Scherwandt pickte ihr einen Kuss auf den Mund, der verrutschte, da Layla den Kopf drehte. „Wir wissen, was du bist."

Layla riss die Augen auf, schluckte. „Und?"

Bodo Scherwandt legte den Arm um ihren Hals, senkte die Hand auf ihre Brust. „Du machst es für Geld. Gregor glaubt, wir denken uns nichts dabei, dass er jedesmal ein anderes junges Ding als seine Freundin vorstellt. Aber ich komme auch rum in Berlin …"

„Wir", warf seine Frau ein.

„… wir … Zwei der Mädchen kannten wir …"

„… aber du bist neu", sagte die Frau. „Und du bist sen-sa-tio-nell."

„Danke", sagte Layla. Sie wirkte sehr erleichtert.

„Magst du Dreier?", fragte Karin Scherwandt.

„Ich werde manchmal dafür bezahlt."

Fedor trat mit einem Stapel Handtücher an den Pool. „Herr Krätz lässt zum Dessert bitten."

„Wir kommen", antwortete Bodo Scherwandt. Flüsterte, als Fedor den Rücken drehte: „Sieht er nicht aus wie ein dressierter Affe in seinem Anzug? Feinster Zwirn, und er wirkt, als hätte man ihn da reingeprügelt."

Karin Scherwandt lachte. Layla tauchte zwischen beiden unter, stieß sich von der Wand ab, glitt dicht über dem Boden durch den Pool, hob sich am anderen Rand aus dem Wasser. Sie wickelte sich locker in ein Handtuch, setzte sich an den Tisch.

Krätz saß da wie versteinert. „Wer bist du?", zischte er. „Ich bestelle eine Nutte, und ein verdammtes Zahlengenie kommt." Seine Augen waren kalt.

Sie warf ihm einen warnenden Blick zu, da war Karin Scherwandt schon an ihrem Stuhl, mit schwingenden Brüsten, das Handtuch nur um die Hüften, das Haar wirr, viel besser gelaunt. „Ich liebe es. So ein Indoor-Pool ist herrlich." Sie betrachtete das aus dem Sorbet ragende, kunstvoll filigrane Gebäck auf ihrem Teller, sagte: „Oh, Gregor, dein Dinner ist wieder exquisit." Zu Layla: „Wir hatten in Bad Saarow auch einen Pool. Jetzt in Litauen müssen wir uns erst noch nach etwas Passendem umschauen. Erst mal musste eine Wohnung reichen."

Krätz wirkte abwesend, fahrig. „Kommt dein Mann auch mal?" Er nahm seine Gabel auf. Karin Scherwandt schien leicht irritiert. Layla sah ihn forschend an. Sein Ton passte nicht.

Scherwandt, Wasserflecken in Hemd und Hose, setzte sich.

„Zeit, übers Geschäft zu reden", sagte Krätz und rammte seine Gabel durch Karin Scherwandts locker neben ihrem Teller lagernde Hand in die Tischplatte.

Die nächsten 52 Sekunden:

Layla sprang auf, Bodo Scherwandt brüllte: „Was machst du?", warf im Hochspringen seinen Stuhl um.

Karin Scherwandt zappelte mit einem Wimmern gegen den Schmerz an, schlug mit der freien Hand ihren Teller vom Tisch.

Krätz brüllte: „Was habt ihr euch dabei gedacht? Einen Gregor Krätz hintergeht man nicht!" Zog die Gabel aus Karin Scherwandts Hand, schlug ihr seinen Handrücken gegen die Nase, dass ihr Stuhl kippte. Erhob sich, packte den Tisch und warf ihn von sich, strauchelte über zerschellendes Geschirr auf Bodo Scherwandt zu. Kam auf ihm zu liegen, krallte seine Kehle. „Was habt ihr Arschlöcher euch dabei gedacht?" Scherwandts Augäpfel rollten einwärts. Die Lider flatterten.

Karin Scherwandt kroch zur Tür. Krätz erhob sich keuchend, war mit drei langen Schritten bei ihr. Trat ihr gegen den Leib. Sie rutschte zwei, drei Meter weit über den Marmor, schlierte Blut aus Nase und Hand. Krätz packte sie beim Haar. Sie griff nach seinen Armen, um den Zug zu mindern. Er stieß ihren Kopf in das Gesicht ihres Mannes. Der rang nach Luft.

Fedor zog den Mann am Handgelenk zur Wand. Krätz nötigte die Frau neben ihn. Fedor zurrte die Eheleute mit Kabelbindern an den Handgelenken zusammen und ans Rohr des Heizkörpers zwischen Tür und Panoramafenster. Verkrümmt, blutverschmiert, schockstarr lagen sie Seite an Seite.

Krätz erhob sich schwer atmend. Wandte sich Layla zu. Die war einige Schritte zurückgewichen. Das Gesicht reglos, die Hände zu Fäusten geballt. Krätz: „Wir reden später. Das hier geht dich nichts an."

Sie wand den Arm mit einer heftigen Drehung aus Fedors Griff, folgte ihm aber widerstandslos in einen Nebenflur. Fedor öffnete eine Eisentür. Heiße, verbrauchte Luft schlug ihnen entgegen. Er schubste Layla in den Raum und schaltete das Neonlicht ein.

Der Betriebsraum für den Pool, fensterlos, von Rohren durchzogen und mit elektrischem Summen erfüllt.

Die Frau stand dünn und verloren in der Enge, die Schultern bleich im kalten Licht. Zitterte. Zog das Handtuch fester um sich.

Fedor knallte die Tür von außen zu, schob den Riegel vor.

Layla kauerte auf dem Boden, schaute auf, als Krätz und Fedor die Tür öffneten. Wache Augen. Sie hatte nicht geschlafen in den Stunden seit Krätz' Ausbruch.

Fedor zog sie am Arm auf die Beine, hielt sie von hinten fest.

Krätz hielt ihr eine Snubnose vor die Stirn, Zeigefinger am Abzug. „Wer bist du?"

Sie drehte den Kopf seitlich nach unten, senkte den Blick. Eine Geste der Unterwerfung. Sie schaute Krätz an, ohne den Kopf zu heben.

„Sind sie tot?", fragte sie leise. „Deine Freunde, hast du sie umgebracht?"

„Warum willst du das wissen?" Er drückte ihr den Revolver an die Schläfe.

„Ich hatte Anteil daran, oder? Ohne mich hättest du nie Verdacht geschöpft."

Er spannte den Hahn. Brüllte: „Das ist es doch gerade! Wie viele Nutten aus Kurdistan, denkst du, sind in der Lage, nach ein paar Sekunden den Ergebnisbericht eines Unternehmens zu interpretieren?"

Sie drehte den Kopf so weit es irgend ging von der Pistole weg. „Nicht so viele."

„Ganz genau. Wer bist du?"

Sie hauchte: „Ich bin die, die es kann."

Krätz senkte die Waffe, wühlte mit der freien Hand durch Laylas Haar. „Wo hast du es?" Riss ihr das Handtuch vom Leib. „Wo hast du es?"

„Was?" Sie bedeckte sich mit den Armen. „Bist du irre geworden?"

„Du kommst doch nicht aus heiterem Himmel darauf, dass die mich betrügen. Wer schickt dich? Und wo hast du die Wanze?" Er schaute suchend auf dem Boden herum, wischte über die Rohre, die über seinem Gesichtsfeld hingen.

„Wanze?"

„Jemand steuert dich von außen. Gibt dir Informationen." Er hob die Snubnose wieder. „Nimm die Arme hoch."

Sie schüttelte den Kopf. „Extras waren nicht vereinbart."

Er drückte ihr die Waffe an die Stirn, schrie, dass sich seine Stimme überschlug: „Nimm die scheiß Arme hoch!"

Sie gehorchte.

Krätz reichte die Waffe Fedor. Begann an ihrem Hals, führte beide Hände seitlich nach hinten, hoch zum Haaransatz, betastete mit festem Griff ihre Ohrmuscheln, ihre Kopfhaut. Sie wand sich, wehrte ihn nicht ab. Die Hand an ihrer Stirn, drückte er ihren Kopf in den Nacken, schaute in die Nasenlöcher.

„Mund auf“, sagte er.

„Lass die Finger aber draußen. Was suchst du überhaupt? Im Mund, so ein Quatsch.“

„Es gibt diese winzigen Funkgeräte. Du steckst sie ins Ohr, kannst sie praktisch überall verstecken. Mach den Mund auf, verdammt.“

„Winzige Funkgeräte? Wir sind doch nicht im Kino.“

Er biss die Zähne zusammen. „Mach. Ihn. Auf!“

Sie öffnete den Mund.

Er schaute, ließ die Finger draußen. „War dein Schädel gebrochen?“, fragte er, die Narbe in ihrem Gesicht antippend.

„Schädel, Wangen-, Kieferknochen“, antwortete sie kaum hörbar.

„Du bist zäh.“ Er betastete ihre Schultern, die Achselhöhlen, zog erst den linken Arm zu sich, betrachtete ihre Hand, betastete Handflächen und Fingerzwischenräume, wiederholte die Prozedur am rechten Arm.

Sie murmelte: „Nicht zäher als andere.“ Versteifte sich in seinen Armen, als er sie umfasste, um ihren Rücken abzutasten. Er arbeitete sich mit kreisenden Handbewegungen vor und nach unten. Bei den Narben an ihrem Körper hielt er inne. „Was war das? Womit haben sie dich verprügelt. Ein Rohr?“

„Eisenstab. Vom Bau.“

„Ein Türke? Deine eigenen Leute?“

Sie zuckte, wand sich, als er über ihre Seiten strich. „Ein Türke, ja.“

„Polizei, Armee, Geheimdienst?“

„Er trug Zivilkleidung.“ Sie atmete hörbar, nahm reflexhaft die Arme vor den Körper, als er sich seitlich ihren Brüsten näherte.

Er ließ ab. „Vorbeugen. Hände auf die Knie.“

„Nein. Es reicht“, zischte sie. „Soll mich dein Schläger doch erschießen. Sag ihm, dass er abdrücken soll.“ Es lag Hass in ihrem Ausdruck. Hass, Schmerz.

„Sie haben dich zerstört. Jede Berührung ist eine Vergewaltigung für dich.“ Das war eine Feststellung, keine Frage.

„Das geht dich einen Scheiß an.“

„Beug dich vor.“

„Niemand fickt mich ohne Bezahlung. Auch nicht mit den Fingern.“

Er brüllte: „Verdammt noch mal. Dann gib mir die Wanze freiwillig und sag mir, wer dich geschickt hat.“ Er fasste sich mühsam. „Ich werde es dir nicht schwerer machen, als nötig ist“, sagte er nahezu sanft. „Nun sei vernünftig.“

Sie ging langsam in die Knie, hob das Handtuch vor die Brust, richtete sich wieder auf. „Wie kommst du nur auf die Idee, dass ich verwanzt bin? Denk nach: Du hast mich angesprochen, nicht ich dich. Du hast mich herbestellt, ich habe mich nicht aufgedrängt. Bis heute Mittag wusste ich nichts von diesem Haus, bis heute Abend nichts von Karin und Bodo, bis zu unserer Begegnung im Kaisersaal nichts von dir. Dein Abhör-Verdacht ist absurd.“

Er entzog ihr das Handtuch, tastete den Rand ab.

„Es ist dein Handtuch“, sagte sie leise. „Ich hatte keins dabei.“

Er reichte ihr das Tuch. „Wir werden rausfinden, wie du das eingefädelt hast. Aber du musst irgendwie gewusst haben, dass sie betrügen.“

„Teste mich.“

„Wie …?“

„Du hast einen Taschenrechner im Handy. Teste mich, wenn du nicht glaubst, dass ich eine Tabelle nachrechnen kann.“

Krätz blickte zu Fedor. Der steckte die Waffe ein, holte ein Smartphone hervor. „Okay“, sagte Fedor. „89.522 mal 27,3.“

Sie schloss kurz die Augen. „2.443.950,6.“

„Stimmt“, stellte Fedor fest.

Krätz: „Wurzel aus 7523.“

Layla schloss die Augen. „86,7.“

„3.338.574 geteilt durch 0,678.“

„4.924.150,4.“

„Wurzel aus Zwo-Neun-Neun-Fünf-Fünf-Zwo-Zwo mal Achtzehn-Vierundsechzig-Vierundvierzig.“

Dafür brauchte sie kaum länger. „747.326,6. Was war das? Telefonnummern?“

„Ich komme nicht nach“, sagte Fedor. „Wurzel aus … Was ist das?“

Layla erklärte: „Das ist die Funktionstaste mit dem Haken auf deiner Rechner-App. Damit kannst du bei jeder Zahl schauen, welche beiden gleichen Zahlen man multiplizieren kann, um sie zu erreichen. Wurzel aus 4 ist 2, weil 2 mal 2 vier ergibt. Wurzel aus 16 ist 4. Gregor wollte die Wurzel aus 7523. Das ist 86,7. Prüfe es.“

Er wirkte ratlos. „Äh … wie?“

Krätz verdrehte die Augen, knurrte: „Malnehmen, Mann. 86,7 mal 86,7.“

Fedor tippte. „Das ist aber nur 7516.“

Krätz schaute Layla an. Die lächelte. „Ich habe Stellen hinterm Komma weggelassen. Nimm 86,73 mal 86,74. Das ergibt einen Wert sehr nah unter 7523.

Das exakte Ergebnis liegt dazwischen und hat sehr viele Stellen hinterm Komma."

Fedor gab Zahlen ein. „Stimmt."

„Ich bin beeindruckt", sagte Krätz. „Wie machst du das?"

„Keine Ahnung. Ich habe gar nicht das Gefühl zu rechnen. Ich weiß das Ergebnis."

„Bist du eine Scheiß-Autistin?", fragte er.

„Mache ich den Eindruck?" Layla hob die Schultern. „Ich kann einfach gut rechnen."

„Ich habe jahrelang mit den Arschlöchern gearbeitet. Kannst du für mich die Zahlen durchgehen, ob sie mich schon länger betrügen?"

„Im Prinzip kein Problem. Aber ich will vielleicht keinen Einblick in deine Geschäfte."

„Was soll mir passieren? Dass du zu den Bullen gehst?" Krätz grinste. „Es gibt gemütlichere Methoden, Selbstmord zu begehen, als die Abschiebung in die Türkei."

Fedor wandte ein: „Wir wissen noch immer nichts über sie. Heute Nachmittag dachten Sie noch, das ist irgendeine Nutte ohne Bildung, und jetzt rechnet sie wie eine Maschine."

Krätz: „Okay, also hat sie *noch* ein Talent außer ihrem schönen Arsch. Und was hat sich sonst verändert?"

„Chef, in diesen Zahlen steckt Ihr ganzes Leben …"

„Sie weiß doch genau, was passiert, wenn sie nicht spurt. Sie ist klug genug: Wir bringen sie in die Türkei zurück oder machen sie wieder zur Flatrate-Hure." Er wandte sich Layla zu: „Oder, was?"

Sie sagte leise: „Der Albaner jedenfalls hat genug Angst vor dir, um daraus zu lernen."

Krätz: „Dann ist das klar. Komm."

Sie schüttelte kaum merklich den Kopf. „Ich will den Albaner anrufen, dass es länger dauert. Er sagt euch, was es kostet."

Sie war eingeschlafen, wie sie gearbeitet hatte. Auf dem Teppich des Arbeitszimmers sitzend, umgeben von Tabellen-Ausdrucken. Sie lehnte am Sofa, die Lippen leicht geöffnet, die Hand mit einem Tabellenblatt auf den Schoß gesunken, zwischen den Fingern der anderen Hand eine bis auf den Filter abgebrannte Zigarette.

Krätz betrachtete sie im Dämmerlicht. Sie erinnerte ihn an ein Gemälde, vor dem er sich mal verloren hatte. Von Franz von Stuck, ein schwülstiger Akt. Schwarzes Haar, schimmernde helle Haut und roter Stoff in einem seltsamen Zwielicht.

Entspannt sah Layla sehr jung aus. Wenn sie wach war, zeichnete sich jede Bewegung als Sehnen- oder Muskelspannung unter der Haut ab. Das ließ sie älter wirken. Er konnte das Bild nicht vertreiben, sah sie nackt vor sich: Gerade noch schlank, nicht dünn; lange Arme und Beine, breite Schultern, breite Hüften, gute Knochenstruktur. Solche Frauen sahen mit 30 kaum anders aus als mit 20, und mit 60 wirkten sie immer noch jugendlich – kein Fleisch, an dem die Schwerkraft zerren könnte.

Sie öffnete die Augen. Er kam sich ertappt vor, dass er da stand und sie ansah. „Ich bin gerade erst reingekommen", erklärte er.

Sie warf die Kippe in den Ascher und wischte sich das Gesicht. „Ich bin hundemüde."

Er schaltete das Licht ein, machte eine Bewegung über die herumliegenden Tabellen. „Und?"

Jetzt auf den Knien, legte sie das Blatt ab und zeigte auf einen Stapel am Rand des Teppichs. „Ich habe alles nach Jahren geordnet. Die ersten knapp zwei Jahre sind sauber. Dann haben sie sich bei den Quartalszahlen vertan. Ein Dreher, 81.000 statt 18.000 im Geschäftsbericht. Es stand korrekt auf dem Ergebnissheet der Tabelle. Du hast die aber offenbar gar nicht angesehen und nach der falschen Zahl mit ihnen abgerechnet, wodurch sie unter Einrechnung anderer Faktoren rund 26.000 Euro mehr bekommen haben, als ihnen zustand."

„Wieso denkst du, dass es keine Absicht war?"

„Weil es erst drei Quartale später wieder vorkommt. Es sieht so aus, als wäre es ihnen selbst erst mit dem Jahresabschluss aufgefallen. Sie haben dann eine Entscheidung getroffen. Du findest das Muster später in jedem Quartal. Nur dass sie gieriger werden. Anfangs sind es mal 12.000 Euro, mal 9500." Sie deutet nach rechts. „Dann steigt der Umsatz stark an, und die Selbstbedienung ufert aus. 42.000, 80.000, am Ende untere sechsstellige Beträge. Insgesamt über die Jahre exakt 2.335.500 Euro."

„Aber warum haben sie nur die Ergebnisse geschminkt? Sie hätten doch die Werte vorn schon ändern können."

„Da fragst du mich zuviel."

„Ist es das, was der Albaner meint: dass du dich ums Geschäft kümmerst?"

Sie nickte. „Es war eine einzige Bargeld- und Zettelwirtschaft. Er hat keinen Überblick, er gibt viel Geld für Autos und Frauen aus. Du kennst ihn ja. Dazu kamen einige, die ihn ausgenommen haben. Jetzt weiß er genau, wie viel Geld er einnimmt, wie viel er hat und was verfügbar ist, und keiner wagt mehr, ihn auszutricksen. Er hat jetzt sogar einen Bausparvertrag und eine Lebensversicherung.“

„Deshalb verkauft er dich nicht. Bestes Pferd im Stall.“

Sie zuckte mit den Schultern.

„Würdest du wollen, dass ich dich kaufe?“

„Hätte ich eine Wahl?“

„Warum gehst du nicht einfach? Du könntest nach Schweden gehen, deinen Namen ändern, Asyl beantragen, ein neues Leben anfangen.“

„Geht nicht.“

„Womit hat er dich in der Hand?“

„Das kann ich dir nicht sagen.“

„Glaubst du wirklich, ich kriege diese Information nicht raus aus dem Albaner? Ohne Gewalt?“ Er rieb Daumen und Zeigefinger in der Geldzähl-Bewegung aneinander.

Sie zögerte. Seufzte. „Okay. Ich habe eine jüngere Schwester. Sie geht zur Schule und wohnt bei guten Leuten. Ich bezahle für ihren Schutz.“

„Wo?“

„England.“

„Und du zahlst mit deinem Leben?“

„Bis er mich gehen lässt.“

„Du sagst das so, als ob es nichts wäre.“

„Selbstmitleid bringt nichts. Depression auch nicht. Ich lebe, immerhin. Und ihr geht es gut.“

„Wie kann es nur sein, dass ein intelligentes Mädchen wie du in eine solche Lage gerät?“

„Das fragst ausgerechnet du? Es sind Kerle wie du, die uns keinen Ausweg lassen, oder? Die einen missbrauchen uns politisch und zwingen uns zur Flucht, die anderen nutzen das aus.“

Er nickte. „So ist es wohl. Und es tut mir leid.“

Sie erhob sich, zupfte das Kleid zurecht. Straffte sich, schaute ihm gerade ins Gesicht. Ein kalter, scharfer Blick. „Lass dein Mitleid stecken. Ich hasse alles, was du tust und wofür du stehst.“

„Nichts könnte mir mehr egal sein als der moralische Höhenflug einer billigen Nutte."

Sie starrten einander an.

Layla lockerte sich. „Okay. Ich denke, ich gehe dann."

Er öffnete den Schrank neben der Tür. Leitz-Ordner in Reihe. „Du hast noch zu tun. Der Albaner ist einverstanden, und er kassiert nicht schlecht. Es sieht nicht aus wie Zettelwirtschaft, ist aber nicht viel besser."

Sie lächelte nervös. „Okay. Na gut. Wo soll ich anfangen?"

Er zog einen Ordner aus dem Schrank. „Egal. Nimm diesen."

„Und du bist dir wirklich sicher, dass du das willst?"

„Was meinst du?"

„Na, Fedors Warnung wegen deiner Geschäfte."

Er grinste. „Versuch was, und du bist schneller wieder in der Türkei, als du rechnen kannst. Und deine Schwester wird Flatrate-Hure."

Sie schwieg.

„Und es gibt 500 Euro extra am Tag, wenn du nackt arbeitest."

Sie nahm den Ordner. „Fick dich. Fickt euch alle."

***

2

„Hallo, schöne Frau. Ist die Nacht nicht etwas zu kalt, um halb nackt hier draußen herumzuspazieren?", rief der Mann aus dem Fahrerfenster und brachte den BMW-Kombi neben der Frau im zerrissenen Tank-Top zum Stehen.

Sie stoppte, die Hände in den Stoff gekrallt. „Ist scheißkalt. Was machst du hier? Observiert der Staatsschutz etwa Krätz' Haus, Kollege Schenkel?"

„Verdammt, ja. Und im Gegensatz zu dir ermitteln wir im Rahmen eines anständigen, rechtsstaatlichen Verfahrens. Wir sind fast umgekippt, als du letzten Samstag hier aufgetaucht bist, *Layla*."

„Woher kennst du den Namen?"

„Krätz hat seinen Laufburschen überall rumfragen lassen nach Layla, der schönen Nutte aus Kurdistan. Und nur der Albaner wusste Bescheid. Wie hast du ausgerechnet den dazu gebracht, deine Legende zu decken? Das ist doch ein alter Kumpel von Krätz. Und völlig unverdächtig, ausgerechnet ein Fan von Sibel 'Schmitt ohne Frau, das ist mein Name', zu sein, dem Schild und Schwert der Sittenpolizei."

Sie überging die Frage und den Spott. „Ihr hört Krätz' Telefon ab?"

„Sein Scheiß-Telefon, sein Scheiß-Internet, seine Scheiß-Villa, so weit Richtmikrofone vordringen können. Seit Monaten. Und dann fährst du uns in die Parade."

„Traurige Parade. Ich habe monatelang versucht, Krätz dranzukriegen, mehr als 3000 Seiten Akte zusammenermittelt, und die Staatsanwaltschaft hält den Fall noch immer für zu dünn. Er hat einen gewaltigen Bonus, der Herr Krätz. Es war Zeit, die Ermittlungen zu intensivieren."

„Auf eigene Faust."

Sie hob die Schultern. „Scheißegal, wie." Sie zitterte, zog den Stoff des Tops enger vor der Brust zusammen. „Wenn du weiter plaudern möchtest, lass mich mal einsteigen. Ich erfriere."

Schenkel drückte den Knopf der Zentralverriegelung. Sie schob sich auf den Rücksitz.

„Hat Krätz dich rausgeworfen?", fragte er im Anfahren.

„Ich bin abgehauen. Er ist auf mich losgegangen."

„Und ausgerechnet du mit deinen Kickbox-Meistertiteln warst dem alten Mann nicht gewachsen?"

„Wenn er seinen Cocktail aus Kokain, Amphetaminen und Viagra genommen hat, stoppt ihn vielleicht Schmitt. Layla ist dazu nicht in der Lage. Sie konnte gerade so abhauen."

„Okay. Und was zum Teufel hast du – oder meinetwegen Layla – da drin gemacht?"

„Ich dachte, ihr kriegt alles mit."

„So weit die Mikros reichen, sagte ich. Also?"

„Ich habe seine Geschäftsunterlagen durchgesehen."

„Du hast – was?"

Schmitt sprach betont langsam, wie zu einem Kind. „Ordner für Ordner. Waffen, Drogen, Menschenhandel, Prostitution, Schuldknechtschaft, Organhandel. Er hat ein ziemliches Chaos in seinen Unterlagen, aber immerhin hat er alles brav abgeheftet. Das Gesamtbild wird zunehmend klarer, je länger ich da durchgehe. Es ist ein Konzern, inhabergeführt, zu 90 Prozent illegal. Jahresumsatz deutlich jenseits von 150 Millionen Euro, Gewinn nach Abzug aller Kosten, Partner-Leistungen und Bestechungsgelder zwischen achtzehn und dreiunddreißig Millionen."

Schenkel pfiff durch die Zähne. „Wie hast du das geschafft?"

„Ich bin sein ‚schwarzer Engel'. Er rühmt alle fünf Minuten meine Schönheit und den Duft meiner Haare. Wir haben gemeinsam an seinen Unterlagen gearbeitet. Wir waren zusammen shoppen, weil ich Kleider brauchte. Ku'damm, Klamotten für 1500 Euro, Vier-Gänge-Abendessen. Aber das habt ihr ja sicher alles mitbekommen. In welcher Sache ermittelt ihr?"

„Kann ich dir nicht sagen."

„Waffen? Ich hab Belege gesehen für Geschäfte mit Abu Nar."

„Abu Nar?"

„Willst du mich verarschen? Abu Nar, deutsch ‚Vater des Feuers', Islamisten-Führer, derzeit in Irak – klingelt's? Er kauft gerade Waffen für zweistellige Millionenbeträge. Ich wüsste nicht, was den Staatsschutz mehr interessieren könnte."

Er grinste. „Wo hast du die Belege gesehen?"

„In Krätz' Arbeitszimmer. Deutsche Waffen, russische, französische, US-Ware, alles vom Besten. Außerdem Geschäfte mit Rebellen und Regierungen in Nigeria, Eritrea, Jemen, Ruanda, Iran, Libyen, Syrien, Afghanistan, Pakistan … Abgewickelt über Zwischenhändler, korrupte Militärs in anderen Ländern, um das Kriegswaffen-Kontrollgesetz zu umgehen."

„Und da lässt er dich ran?"

„Er denkt, er hat mich in der Hand."

„Er hat tatsächlich alles dokumentiert?"

„Das kann ich nicht sagen. Einiges auf jeden Fall."

„Und wieso vertraut er dir?"

„Weil er es will. Ich kann rechnen. Er nicht. Er misstraut seinen Geschäftspartnern, und ich durchforste für ihn alles auf Unstimmigkeiten. Ich zähle nicht, als Sklavin."

„Und warum rastet er jetzt aus, nach fast einer Woche?"

„Ich bin darauf gestoßen, dass minderjährige Mädchen für ihn mehr sind als Handelsware. Er macht sich im Internet an sie ran und arrangiert Rendezvous mit K.o.-Tropfen und anschließender Vergewaltigung. Für sich und seine engsten Freunde. Mit den Mädchen, die er zu Nutten hat abrichten lassen, gibt er sich nicht ab. Sie müssen unberührt sein."

„Date rape", ließ Schenkel fallen. Es klang wie: Du regst dich über Kleinscheiß auf, Schmitt. „Und deshalb geht er auf dich los?"

„Nein. Deshalb ging ich auf ihn los."

„Da ist er ausgeflippt."

„Es lief auf Vergewaltigung hinaus. Ich riss mich los und bin abgehauen."

„Und mit deinem Wissen lassen die dich einfach so raus?"

„Überraschungsmoment. Dass sich eine Nutte wehrt, kommt sonst nicht vor."

„Jetzt, da du draußen bist, muss ich dich melden."

„Einen Scheiß musst du. Belass es in deinen Berichten einfach bei Layla, Nachname unbekannt. Du musst mich nicht erkannt haben. Zumal es sein kann, dass ich dir da drin noch richtig nützlich werde."

„Du bist draußen."

„Hast du mir nicht zugehört? Er nennt mich ‚Schwarzer Engel' und verprügelt mich, weil ich mich ihm verweigere. Es ist Liebe."

„Schöne Art, es zu zeigen."

„Ich kenne Psychopathen, die weniger lang zögern und noch ganz anders reagieren würden."

Schenkel lachte. „Aha? Bei dir ist es auch Liebe?"

„Nein. Aber ich kenne ihn nun. Er ist vollkommen amoralisch und skrupellos. Aber auch romantisch auf eine sehr selbstbezogene Art. Wenn ich jetzt wieder reinginge, wäre es Unterwerfung. Wenn ich in zwei Wochen oder so wieder auftauche, gehört er mir. Meldest du mich nicht, können wir etwas machen aus meiner Beziehung zu Krätz. Gemeinsam.“

Er seufzte. „Du weißt, wie sehr unsere Chefs Alleingänge lieben. Außerdem sind wegen sowas schon die besten Prozesse geplatzt.“

„Wieso von Layla reden? Du erhältst anonyme Hinweise und gehst ihnen nach. Erzähl mir nicht, dass alle deine Informanten offiziell als Zeugen aussagen. Beim Staatsschutz, ausgerechnet.“

„Ich muss nachdenken. Erstmal bringe ich dich nach Hause. Wo wohnst du eigentlich?“

„Schöneberg. Da vorn die Treskowallee nach links, via Ostkreuz geht es um die Zeit am schnellsten.“

Er bog ab und beschleunigte.

Schmitt fragte: „Kannst du mir sagen, was aus Scherwandts geworden ist neulich Abend?“

„Nichts Besonderes. Sie sind gekommen und gefahren.“

„Sicher?“

„Ich hatte keinen Dienst mehr, als sie weggefahren sind, aber in dem Bericht ist mir nichts Besonders aufgefallen.“

„Sicher?“

„Wieso, war da was?“

„Offenbar nicht. Es gab Streit, so viel habe ich mitbekommen. Schau da noch mal nach.“

***

Berlin-Schöneberg

Sie sah Anselm schon vom Treppenabsatz aus in der Wohnungstür stehen, die blonden Locken zerzaust. Mit seinem Ausdruck größter Sorge wirkte er noch mehr wie ein Junge. Ein großer Junge in Pulli, Jeans und Wollsocken. Er wich ihrem Begrüßungskuss aus.

„Ich bin wieder da, Lieber", stellte sie fest. „Was ist los?"

„Wenn es klingelt, denke ich immer, es sind uniformierte Kollegen: Tut uns Leid, Ihre Frau ist tot." Er hob die Hände. „Du bist einfach verschwunden. Einfach verschwunden! Es kann später werden, hast du gesagt, und dann: nichts, tagelang. Nur dieser Anruf deines Chefs. ‚Ihre Frau ist in Lebensgefahr. Unkoordinierte Undercover-Aktion.‘ Dann hat dir irgendwer ein Video gemailt." Er nahm ihr Handy von der Kommode. „Schau es dir an. Eine Frau fleht um ihr Leben, dann werden ihr beide Knie zerschossen. Und jetzt stehst du vor der Tür: Bussi, bin wieder da." Er zeigte auf das zerrissene Tank-Top. „In diesem – diesem Ding da. Und du fragst, was los ist? Bist du zu retten?"

„Eifersüchtig?", fragte sie zurück, ließ die Arme sinken. Sie lächelte.

„Du weißt genau, dass es darum nicht geht. Du hattest dich für einen Abend verabschiedet. Was zum Teufel hast du all die Tage gemacht?"

Sie wischte sich über die Arme, auf denen Flocken zu Tropfen geschmolzen waren. „Jemand muss ihn stoppen."

„Und warum du? Du allein? Völlig schutzlos?"

Sie seufzte. „Ach, Anselm." Nun ließ er sich küssen. Er drückte sie an sich, schmiegte die andere Hand an ihren Bauch.

Sie drehte rasch bei, schnappte sich das Handy, sagte: „Ich gehe schnell nach Sheri schauen, dann reden wir weiter."

Das Zimmer lag am Ende des Flurs. Die Tür war angelehnt.

Sheri erwachte. „Ane, Mama, Maman, Ma, Ima, Ummi, Mütterlein. Du bist endlich wieder zu Hause. Leg dich noch zu mir, willst du?"

„Engelchen, Goldlöckchen, Liebes, Süßes. Ich bin ganz kalt", flüsterte Schmitt.

„Dann wärm dich bei mir." Sheri streckte den Arm aus. „Wo warst du so lange?"

„Arbeiten."

Schmitt schmiegte den Arm um Sheris schmalen Schultern, betrachtete ihr Profil, das im Licht aus dem Flur vor der Dunkelheit des Zimmers wie aus Marmor gemeißelt wirkte.

„Hast du die Bösen gekriegt?", fragte Sheri.

Ein Ritual seit Kindergartenzeiten. „Ich habe ihnen gehörig auf den Kopf geklopft."

„Gut. Jetzt erkennt man sie an den Beulen."

Schmitt schluckte, schlechtes Gewissen verengte ihre Brust.

Sie hatte über die Arbeit sogar den Moment verpasst, als aus Sheri eine junge Frau wurde, irgendwann im letzten Jahr.

Eines Morgens hatte sie keine Pausbacken mehr.

Die Erinnerung an jenen Morgen gab Schmitt auch jetzt wieder einen Stich: Wie sie auf Sheris Morgengruß von ihrem Frühstück aufschaute, und Sheri bot ihr ein schmales, klassisch geschnittenes Gesicht zum Kuss, ihrem sehr ähnlich. Sheri lächelte, ihre schwarzen Augen sprühten Energie. Sie drehte ab mit einer Anmut, die das hoch aufgeschossene, eckige Kind vom Abend zuvor nicht gehabt hatte. Dachte Schmitt. Doch Hüfte, Taille, Brüste konnte Sheri nicht über Nacht entwickelt haben. „Was?", fragte Sheri an jenem Tag, sehr blond in der schrägen Morgensonne. „Du guckst so komisch."

Schmitt murmelte: „Temporär überschäumende Mutterliebe." Wischte sich die Augen. Sagte: „Meene Kleene." Lachte. Wo hatte ihr Kind so plötzlich den erwachsenen Charme her? Das freie Lächeln? Das ruhige Selbstbewusstsein?

Aber sie fragte bis heute im selben Kinderton, ob sie die Bösen gekriegt habe.

Schmitt drückte Sheri an sich.

Gleichmäßige Atemzüge. Sie war wieder eingeschafen.

Schmitt atmete für einige Minuten im gleichen Rhythmus. Fühlte den Schlaf kommen. Sie zog den Arm zurück, rollte sich aus dem Bett, hielt einen Moment inne, als Sheri sich mit einem kleinen stimmhaften Geräusch regte. Schmitt schloss die Tür leise hinter sich, bog in den Flur ab und ins Bad. Drehte das warme Wasser auf, setzte sich in die Wanne, während das Wasser noch einlief. Schaute sich das tonlose Video auf ihrem Handy an: Eine Asiatin stand nackt im Schnee, bedeckte sich mit den Armen, brach zusammen. Das Bild wurde verrissen. Als die Kamera die Frau am Boden wieder erfasste, hielt sie krampfhaft ihr rechtes Bein. Das Knie war eine blutige Masse. Dann spritzte Blut aus dem anderen Knie. Das Bild erlosch.

Schmitt wählte eine Nummer.

„Ja", meldete sich ein Mann.

„Schmitt hier. Tut mir leid, das mit deiner Frau."

Er schrie so sehr, dass sie das Telefon einige Zentimeter vom Ohr ziehen musste. Sie verstand ihn noch, trotz des laufenden Wassers: „Wo warst du? Du hast gesagt, du schützt uns. Du hast ..."

„Tuan, ich sagte, es tut mir leid. Der Schutz, den ich versprach, bezog sich auf Strafverfolgung, nicht darauf, dass man euch angreifen könnte. Wo ist Janet jetzt? Geht es ihr gut?"

„Es tut dir Leid? Mehr fällt dir nicht ein? Verdammt, Krätz saugt mich aus, er droht damit, Janet umzubringen. Und du meldest dich nach Tagen und sagst, tut mir leid. Du missbrauchst uns für deinen Feldzug. Dir ist scheißegal, was mit uns geschieht."

„Du wusstest, dass Krätz kein leichter Gegner ist. Hättest du nicht schon länger Geschäfte mit ihm gemacht und ihn übers Ohr gehauen, wärest du jetzt nicht in dieser Lage."

„Ich hatte keine Wahl. Entweder Krätz oder ich. Waren das deine Worte, oder etwa nicht?"

„Wie ist er überhaupt darauf gekommen?"

„Dieser Fedor, sein Schatten, hat Hacker-Freunde in Moskau, die haben es entdeckt."

„Verstehe. Scheiße."

„Und jetzt? Was tun wir jetzt?"

Schmitt stellte das Wasser ab, ließ sich in die Wanne sinken. „Hast du etwas herausgefunden?"

„Ich habe Fedors komplette Festplatte und E-Mail-Kommunikation."

„Schick mir das Material auf die Dropbox. Und eine vollständige Kopie an den Staatsschutz. Ich smse dir die genaue Adresse."

„Und dann?"

„Dann werden wir sehen. Ich finde Janet, das verspreche ich dir. Aber im Moment kann ich nichts machen. Es tut mir leid." Sie kappte die Verbindung. Schickte die SMS und legte das Handy auf den Wannenrand. Knirschte fast mit den Zähnen von der Anspannung, lehnte sich zurück. Schloss die Augen, zwang ihren Atem zur Ruhe.

Sie lag in der Wanne, bis die Kälte ganz aus ihren Gliedern gewichen war. Wickelte sich ein Handtuch um und ging ins große Zimmer, setzte sich auf das mittlere der drei Sofas im weiten Raum zwischen der offenen Küche und dem Paravent vor dem Schlafbereich.

Anselm stand am Küchentresen. „Willst du auch einen Tee?"

„Ja, bitte." Sie griff nach der Zigarettenpackung auf dem Tisch, zündete eine
an, schüttelte ihr Haar, dass die Tropfen flogen, kämmte es mit den Fingern
zurück, die Zigarette zwischen den Lippen. Lehnte sich zurück, zog die Beine
an.

Anselm setzte sich, stellte die Tassen ab. „Und, läuft es wenigstens, das mit
Krätz?"

„Ich hab ihn umgarnt, jetzt vertraut er mir. Du ahnst nicht, wie sehr. Nächster
Schritt: Ich kriege ihn am Arsch, und er landet im Knast."

„Und wer hat dich so auf die Straße geschickt?"

„Er ist ausgetickt, ich bin abgehauen."

„Wie hast du das denn geschafft?"

Sie sah Krätz' wölfisch verzerrtes Gesicht vor sich. „Er hat mich mit einem
Stock geschlagen. Am Ende hatte ich den Stock."

„Du hast mit ihm *gekämpft?*"

„Nur den Stock gefangen."

Für einen Moment war sie weit weg. „Prinzessin", hauchte er in ihr Ohr. Nicht
Anselm, nicht Krätz. Ihr Onkel. Bilder verschwimmen mit Bildern, die Männer
fließen ineinander. Streicheln, zwingen, nehmen sie. Hände überall, auf Schen-
keln, Brüsten, im Gesicht.

Sie schlagen sie.

Tot. Beinahe.

Sie spürte einen Moment lang Lust, Krätz zu töten. Fing den Stock ab, zer-
brach ihn. Die plötzliche Angst in Krätz' Augen.

Anselms Kommentar brachte sie zurück: „Schönes Vertrauensverhältnis."

„Er bezahlt mich. Ein irrer Preis. Part of the story: Ich bin die absolute Edel-
nutte. Für die Woche hat er fast 15.000 Euro hingelegt."

„Wie kriegst du das hin? Du drehst doch durch, wenn du berührt wirst. Es
wird immer schlimmer, je älter du wirst." Anselm wirkte verletzt, mühte sich um
den sachlichen Ton.

„Ich habe seine Geschäftsunterlagen durchgeschaut."

„In Unterwäsche?"

„Er fasst mich nicht an. Bis heute Abend hat er mich nicht angefasst."

„Wow. Wie hast du das geschafft?"

„Die übliche traurige Story: Flucht, Schuldknechtschaft, Zwangsprostitution,
Missbrauch, Gewalt. Konstruiert aus den vielen Geschichten, die ich bei der
Sitte gehört habe. Plus falscher Akzent und echte Gefühle aus meiner eigenen
Geschichte. Plus totale Unterwerfung, totale Selbstverleugnung. Ich richte mich

in seiner Gegenwart nicht auf. Ich benutze nicht die Möbel. Zum Schlafen rolle ich mich einfach auf dem Teppich zusammen. Ich verlange nichts. Nach zwei Tagen ist ihm aufgefallen, dass ich noch nichts gegessen hatte. Dann habe ich das Essen mit den Fingern in mich reingestopft wie eine, die gewöhnt ist, ausgehungert zu werden. Ein Melodram: Er ist mein Retter.“

„Du bist dir sehr sicher.“

„Du weißt so gut wie ich, dass die besten Nutten nicht die besten Titten haben, sondern ein Talent, sich in die Phantasien der Freier einzufühlen. Krätz ist wie ein offenes Buch für mich. So weit das nachvollziebar ist, hat er etwas übrig für zarte, verletzliche Neurotikerinnen. Seine Frau entsprach ebenfalls dem Typus. Erst fressen sie ihm aus der Hand, dann er ihnen. Wenn sie sich dann gut genug kennen, endet es in der Krise.“

„Welche Phase habt ihr erreicht?“

Schmitt grinste. „Er frisst mir aus der Hand, von mir forcierte Krise.“

„Okay. So weit hast du ihn also.“

„Der Kerl fühlt sich so sicher, dass er tatsächlich Unterlagen seiner Geschäfte zu Hause aufbewahrt. Der wird gedeckt von höchsten Kreisen, das sage ich dir. Für jeden anderen hätte es längst locker für ein Urteil gereicht, und ich kriege ihn nicht einmal zur Vernehmung vorgeladen, geschweige denn eine Durchsuchung genehmigt. Wie wenn er auf einer Liste der Unberührbaren stünde! Weißt du, wie viele Politiker letzte Woche auf seiner Party waren? Er hat sie alle in der Tasche, jede Wette.“ Sie blies Rauch heftig Richtung Decke.

„Sibel, Liebe, hörst du dich eigentlich selber reden? Verschwörung, das ist Wahnsinn! Mit demselben Recht könnte man über dich sagen: Die ist Türkin, also islamistische Extremistin. Der Mann war Diplomat und hat seine Finger seit Jahrzehnten in der Politik. Da soll er wohl mit Politikern feiern …“

„Aber warum sollten die mit *ihm* feiern? Was hat er geleistet?“

Anselm atmete tief ein. „Was weiß ich. Waffenhandel und Diplomatie, da hast du schon zwei Felder, auf denen er etwas geleistet haben kann, ohne dass man es immerzu an die große Glocke hängen möchte.“

„Und warum steht der Scheiß-Staatsschutz seit Wochen vor seiner Tür und observiert ihn? Kannst du mir das erklären?“

„So kam es also zu dem Anruf deines Chefs bei mir? Der Staatsschutz hat dich bei deiner Aktion erwischt.“

Sie nickte düster.

„Okay. Und wie jetzt weiter?“

„Ich habe eine Fülle neuer Informationen. Werde schauen, was sich machen lässt."

„Und in Bezug auf Krätz?"

„Ich kann jederzeit wieder rein. Und wenn es mein Vorwand ist, dass ich das rote Kleid holen will."

„Wenn du wieder reingehst, ist eure Beziehung eine andere."

„Ist mir völlig klar." Sie wischte mit der Hand durch die Luft, wie um seinen Einwand mit Schwung weit weg zu schlenzen. „Ich gehe ins Bett."

Sie ließ das Handtuch auf dem Sofa liegen. Ging nicht zum Ehebett hinter den Paravent, sondern bog in den Flur ab, in Richtung Sheris Zimmer.

***

Schmitt dozierte: „Und darauf bin ich in Krätz' Tabellen gestoßen, ‚Hep., Pulm., Neph., Cor.'. Ich habe das gegoogelt. Medizinische Abkürzungen. Leber, Lunge, Niere, Herz. Man kriegt so viele Organe für eine zahlende Kundschaft aus aller Welt nur zusammen, wenn man sie den Ärmsten der Armen raubt. Das ist sozusagen die höchste Form des Menschenhandels."

„Und wenn wir *dich* irgendwo ohne Herz gefunden hätten?", fragte Lothar Frieling.

Alle Stühle waren besetzt. Staatsschützer Tom Schenkel, sein Chef Reuben Maier, Staatsanwalt Gernot Koch, Frieling hinter seinem Schreibtisch.

Schmitt lehnte an der Wand, alle schauten sie an. Sie fühlte sich in Jeans, T-Shirt, Lederjacke nackter als bei Krätz. Sie blickte zur Decke. „Keine Sorge, Chef. Meine Organe sind nichts wert. Ich bin ein Junkie."

„Sie ist ein Junkie?", fragte Koch und schaute dabei Frieling an.

„Ich kann selbst antworten", sagte Schmitt schnell. „Ich hab als Studentin mit Heroin experimentiert. Und es dann selbst abgesetzt. Steht in meiner Akte."

Maier schüttelte den Kopf. „Experimentiert …?"

Sie zeigte auf die Narbe in ihrem Gesicht. „Chronische Schmerzen. Heroin ist ein sehr effektives Schmerzmittel."

„Und?", fragte Maier.

„Wie gesagt. Hab's selbst abgesetzt."

Maier schüttelte abermals den Kopf. „Ich hätte Lust, dafür zu sorgen, dass Sie rausfliegen. Ist eh höchste Zeit, nach allem, was man hört. Sie haben sich gefährdet, sie haben unsere Aktion gefährdet, die Ermittlungen gegen Krätz. Reguläre Ermittlungen. Der Organhandel wurde nie bewiesen, Frau Schmitt."

„Schmitt, ohne Frau. Das ist mein Name", schnarrte sie. Zog einen roten Schnellhefter aus ihrer Lederjacke, warf ihn auf den Tisch, dass er über die Platte rutschte.

Frieling fing ihn vor der Kante ab.

„Das ist Gregor Krätz", erklärte Schmitt. „Von vorn, von hinten, durch und durch. Ich hab ihn gerade an den Eiern reingeführt und gefickt. Er weiß es nur noch nicht."

Frieling öffnete den Hefter, blätterte.

Staatsanwalt Koch sagte: „Nachdem Sie alle Welt mit Ihren Aktenbergen genervt haben, versuchen Sie das nun mit Tabellen?"

„Al Capone", sagte Schmitt. „Scheiß auf die Akten."

Schenkel begriff zuerst. „Mensch, ja!" Er blickte in die verständnislose Runde. „Na, Kollegen – Al Capone wurde nicht als Massenmörder verknackt, sondern wegen Steuerhinterziehung. ‚Die Unbestechlichen', nie gesehen?" Mit Enthusiasmus fragte er Schmitt: „Und, wie viel ist es?"

„Ich bin keine Expertin", sagte sie. „Aber allein an Umsatzsteuer waren es in den letzten fünf Jahren rund 35 Millionen. Einkommensteuer, Kirchensteuer, Soli – keine Ahnung, was noch dazukommt, aber schon die Umsatzsteuer ist ein Vermögen, das er hinterzogen hat. Alle Zahlen, die ich kenne, sind in diesen Tabellen. Eine simple Addition."

Frieling pfiff leise. „Du hast in der Tat nicht zuviel versprochen, Schmitt."

„Entschuldigung, das ist doch Scheiße", sagte Koch, nahm den Hefter, blätterte. „Wertlose Scheiße. Was soll ich damit anfangen? Ich bin nicht das Finanzamt. Außerdem: Gedächtnisprotokoll einer druchgeknallten Polizistin im Alleingang, die jenseits ihrer Kompetenzen ermittelt. Welcher Richter soll mir das abkaufen? Dafür haben Sie mich an meinem Wochenende reingeholt?" Er klappte den Hefter zu, warf ihn auf den Tisch.

Schmitt kopierte den weinerlichen Ton des Staatsanwalts: „Entschuldigung, Herr Koch, Sie sind es, der Scheiße redet. Wertloses Zeug. Erstens: Ich hab mich da nicht eingeschlichen, Krätz hat mich gerufen. Zweitens: Er hat mich bezahlt dafür, dass ich ihn in geschäftlichen Fragen berate, und das habe ich getan. Ich bin also drittens eine Zeugin wie andere Whistleblower auch. Und nehmen Sie bitte zur Kenntnis: Ich bin die Zeugin, die gerade gegen Gregor Krätz offiziell Anzeige wegen Steuerhinterziehung erstattet hat. Es wäre nicht das erste Mal, dass wir das Finanzamt informieren und zusammen ermitteln. Viertens verbitte ich mir das ‚Durchgeknallt'. Meine Aufklärungsquote ist top."

„Leider gilt das nicht für Ihre Methoden."

„Wollen wir mal über *Ihre* Methoden reden?"

„Unverschämtheit. Was wollen Sie andeuten? Erst vor drei Wochen wurde Stefano Parlato für sechs Jahre hinter Gitter geschickt." Koch hielt Zeige- und Mittelfinger hoch. „Er war *so* dicke mit Krätz."

Schmitt winkte ab. „Und warum haben Sie die Anklagepunkte ausgespart, bei denen Krätz unvermeidlich ebenfalls auf der Anklagebank gesessen hätte?"

„Als was – Mitwisser? Das wäre auf Bewährung oder Einstellung gegen Geldauflage rausgelaufen für Krätz."

Sie wies auf den Hefter: „Das garantiert nicht. Das ist mehr."

Er schüttelte heftig den Kopf. „Krätz hat Sie als Nutte bezahlt. Das haben Sie doch eben geschildert. Wie soll das wohl vor Gericht ankommen? Oder in den Medien? Sie sagen doch immerzu, er hätte mächtige Freunde – wie weit, denken Sie, kommen wir mit Ihren außergesetzlichen Ermittlungen?“

„Gearbeitet habe ich jedenfalls als Beraterin, und was er dafür zahlt, wird korrekt an die Staatskasse abgeführt. Ich sehe nicht, was uns daran hindern sollte, einen Durchsuchungsbefehl zu beantragen, die Belege einzusammeln und den Kerl ranzunehmen.“

„Erst einmal wird darüber zu entscheiden sein, ob es überhaupt eine Grundlage für ein Verfahren gibt.“

„Millionen Grundlagen in Euro. Plus sechs“, sagte Schmitt.

„Was?“, fragte Koch.

„Sechs Herzen, neun Lungen, zwölfmal Leber. Ist ebenfalls da dokumentiert. Macht mindestens sechs Tote, höchstens 27. Bei ein paar der Organe könnte die zeitliche Abfolge denselben Spender bedeuten, Lungen werden meist flügelweise transplantiert, Lebern oft teilweise. Man kann einem Mädchen die halbe Lunge, die halbe Leber und eine Niere entnehmen und hat sechsstelligen Reingewinn schon an dem Punkt, und mehr als die Hälfte ist noch übrig. Außerdem bleibt sie fickbar. Herzen sind eindeutig. Macht mindestens sechs, höchstens 27 Morde. Keine Spekulation. Kein Halbwelt-Gerede. Konkrete Zahlen aus Krätz‘ eigenen Unterlagen. Man könnte wegen Steuerhinterziehung rein, dann in Ruhe alles andere ermitteln. Verstoß gegen das Kriegswaffenkontrollgesetz, Menschenhandel, Vergewaltigung, Sklaverei, Mord … Er ist ein Kontrollfreak, alles ist dokumentiert.“

„Und wo sind die Leichen?“

„Ermitteln Sie’s. Immerhin: Wir haben letztes Jahr Körperteile einer in Berlin verschwundenen Osteuropäerin gefunden, die mit hoher Wahrscheinlichkeit aus dem Abfall der Scherwandtschen Privatklinik stammten. Da haben wir dann aber auch keinen Durchsuchungsbeschluss beantragt. Scherwandts sind mit ihrem Laden dann recht rasch nach Litauen abgehauen.“

„Das ist noch immer in der EU, oder?“, schnappte Koch.

„Na fein“, sagte Schmitt, als hätte sie auf diesen Einwand gewartet. „Dann holen wir sie uns doch.“

Koch seufzte, blickte Maier hilfesuchend an. Der räusperte und straffte sich: „Wie dem auch sei. Die Ermittlungen liegen beim Staatsschutz, nicht bei der Sitte, und sie sind mit dem BKA abgestimmt. Wir verbitten uns jede weitere

Störung Ihrerseits, Frau Schmitt. Auch beim Finanzamt. Auch anonym, falls sie auf lustige Ideen kommen sollten. Dienstliche Anweisung. Ist das klar?“

Schmitt machte eine schroffe Kopfbewegung, dass ihre Haare flogen, sagte nichts.

Frieling antwortete: „Ist klar, Reuben.“

Koch und Maier nickten einander zu, erhoben sich. „Dann ist gut. Schönen Sonntag noch“, sagte Koch. Sie gaben Frieling die Hand, nickten Schmitt zu, die keine Anstalten machte, die Hände aus den Jackentaschen zu nehmen.

Schenkel nahm den Hefter an sich. „Darf ich?“

Schmitt nickte.

„Beeindruckende Arbeit. Alles noch letzte Nacht geschrieben?“

„Konnte nicht schlafen.“

„Wie gut ist dein Gedächtnis?“

„Ich hab mir bei Krätz Notizen gemacht. Was ich einmal geschrieben habe, erinnere ich absolut verlässlich.“

„Beeindruckend“, wiederholte Schenkel. „Und es tut mir leid. Du siehst ja, was los ist.“

„Klar.“ Schmitt zuckte die Schultern. „Jeder rettet seinen Arsch so gut er kann.“

„Na gut. Wir sehen uns.“ Schenkels Abgang wirkte wie eine Flucht. Er ließ die Tür offen.

Frieling schaute Schmitt an, Schmitt Frieling.

Er fragte: „War es wirklich nötig, mich zu belügen?“ Er ließ einige Sekunden Stille zwischen ihnen wachsen. „Du reitest dich immer tiefer in die Scheiße, Schmitt. Und mich und alle, die mit dir zu tun haben, gleich mit.“

∗∗∗

Notiz von Thomas Schenkel, Polizeilicher Staatsschutz, LKA Berlin, zur Ermittlungsakte Gregor Krätz

... in der heutigen Unterredung der Ermittlungsgruppe ‚Händler' mit Polizeidirektor Reuben Maier neue Informationen vorgelegt, die unsere Abteilung per Post erreicht hatten. Der an mich persönlich adressierte Brief enthielt einen USB-Stick, auf dem ein Video und Dateien im Gesamtumfang mehrerer Gigabytes gespeichert waren.

Das Video zeigt, wie einer unbekleideten Frau an einem unbekannten Ort von einem Unbekannten mit einem Revolver, Kaliber .38, in die Knie geschossen wird. Die Frau wurde identifiziert als Janet Ho, wohnhaft in Berlin-Friedrichshain, Ehefrau von Tuan Ho, Inhaber eines Handy-Reparaturdienstes, der unter dem Verdacht steht, als Hacker Dienstleistungen für einen Teil der Berliner OK zu erbringen, so auch für Gregor Krätz.

Auf dem USB-Stick war ein Datenblatt mit Verbindungsnachweisen und technischen Detailangaben abgelegt, das die Herkunft des Videos und die übrigen Dateien eindeutig Krätz bzw. seinem Mitarbeiter Fedor Stefaniew zuschreibt.

PD Maier sieht nicht genug Verdachtsmomente, er spricht von ‚Anschwärzungen im Halbwelt-Milieu, die nicht Sache des Staatsschutzes sind'. Zudem sei fraglich, ob das Video eindeutig eine Straftat dokumentiere. Seine Echtheit sei keineswegs erwiesen.

Der zuständige Staatsanwalt hat dem ausdrücklich zugestimmt, also nehmen wir den USB-Stick anweisungsgemäß nicht zu den Ermittlungsakten und informieren auch nicht die Kollegen evtl. noch zuständiger anderer Dezernate. ...

***

3

Berlin-Karlshorst

Schenkel saß gleich rechts am Fenster, als Schmitt in die Bar kam. Er erhob sich strahlend, als wollte er eine alte Freundin begrüßen. Schmitt nickte ihm zu und setzte sich, mit beiden Händen ihr Haar nach hinten streichend, die Wangen rosig von der Kälte.

„Du parkst auf dem Gehweg", sagte Schenkel und blickte hinüber zur S-Bahn, wo Schmitts kleiner Audi stand.

„Ich bleibe nicht lang."

Die Kellnerin kam. Schmitt bestellte einen Tee und ein Sandwich. Sie ließ den Blick über den Karibikkitsch und die nach den 50er Jahren in den USA aussehenden Reklametafeln an den Wänden streifen. „Lustiger Laden."

Schenkel wartete, bis die Kellnerin gegangen war. „Du willst also wieder reingehen?"

„Darüber müssen wir reden. Ich will Krätz zur Strecke bringen, und mein Chef gibt mir Rückendeckung, wenn du mitspielst …"

„Wie kommt er inzwischen dazu?"

„Viele Gründe. Zuerst: Es gab vor einiger Zeit zwei Anzeigen gegen Krätz wegen Cybergrooming und Vergewaltigung. Date Rape. 13- und 14-Jährige. Beide Verfahren wurden eingestellt, nachdem die Anzeigen zurückgezogen worden waren. An die Eltern von sechs weiteren Mädchen hat er hohe Summen gezahlt."

„Und?"

„Nichts und."

„Die reden nicht."

„Nein. Leider nicht. Total eingeschüchtert, und sie haben richtig Geld bekommen."

Schenkel lehnte sich zurück, schaute aus dem Fenster. „Und du glaubst, dafür gefährden wir unsere Ermittlungen?"

„Ich hatte dich doch gebeten, noch mal wegen Scherwandts in eure Observationsprotokolle zu schauen …“

„Ich hätte mich gemeldet, wenn da etwas gewesen wäre.“

Schmitt blickte ihn scharf an.

Schenkel wand sich unter diesem Blick, als das Schweigen länger wurde. „Keine Vorkommnisse, wirklich. Laut Bericht sind Scherwandts irgendwann nach Mitternacht weggefahren.“

„Dann ist klar, dass deine Truppe nicht sauber ist.“ Sie beobachtete ihn. Sein Mund öffnete sich kurz, als hätte man ihm einen leichten Schlag in die Magengrube verpasst.

„Was? Spinnst du?“ Sein Ton lag irgendwo zwischen Ärger und Überraschung.

„Der Kollege, der an dem Abend Dienst hatte, als Scherwandts bei Krätz waren, spielt ein doppeltes Spiel.“

Er wischte sich über den Kopf, dass sein schütteres Blondhaar in alle Richtungen abstand. „Nee, du, bestimmt …“

Die Kellnerin stellte das Teeglas ab. Ein Sonnenstrahl verlieh dem Tee Bernsteinleuchten. Schmitt drehte ihre Hand in das goldene Licht neben dem Glas und wartete, bis die Frau außer Hörweite war.

Schmitt: „Ich erkläre es dir. Der Tittenklempner hat mich angerufen. Weißt du, wer das ist?“

Er schüttelte den Kopf. „Vage.“

„An sich gibt es im LKA keine Abteilung, für die der nicht spitzelt. Er modelliert Gesichter, richtet Narben, beseitigt Tattoos. Er kommt herum. Ich kenne ihn, weil er Zwangsprostituierten Brüste und Hintern aufpolstert – wenn es sein muss, auch gegen ihren Willen. Daher hat er den Spitznamen – er ist meinetwegen seine Praxiszulassung los.“

„Ach, *der*. Und der redet noch mit dir?“

„Er hat nicht so viel verloren. Er ist ganz gut im Geschäft. Besser, als du denkst. Er war jetzt in Litauen. Drei Tage lang, für eine Serie komplizierter Operationen.“ Schmitt nippte Tee, fixierte Schenkel durch den Dampf.

„Scherwandts?“

Sie nickte. „Krätz hat der Frau die Nase, die Ohren, die Augenlider und die Lippen abgeschnitten.“

„Mein Gott“, sagte Schenkel. Hob die Hand vor den Mund. „Wie überlebt man das?“

„Wenn dein Mann Chirurg ist und zuschauen muss, ist Hilfe rasch zur Stelle“, antwortete Schmitt rau.

„Und warum macht Krätz … so was?“

„Ich hab ihn kurz vorher drauf gebracht, dass Scherwandts ihn betrügen.“ Schmitt räusperte sich. „Sie wird entstellt bleiben. Der Tittenklempner rechnet mit zwei, drei weiteren komplexen OPs zur Rekonstruktion, aber die Möglichkeiten, mit Eigenhaut und -Knorpel so was – äh – zu reparieren, sind begrenzt. Selbst für einen Künstler wie ihn.“

„Wurde Anzeige erstattet?“

„Natürlich nicht. Wenn sie aussagen, stecken sie selbst mit drin. Für Mord gibt es keinen Deal. Sie sind Krätz‘ Komplizen. Die Nebengeschäfte ihrer Klinik laufen auf Massenmord hinaus.“

„Und der Tittenklempner ruft zufällig gerade dich an?“

„Ist kein Zufall. Du weißt doch, dass wir gegen Scherwandts ermittelt haben. Der Tittenklempner hatte uns den Tipp gegeben. Von Layla und meinen Ermittlungen gegen Krätz weiß er nichts – er wollte nur plaudern, sozuagen.“

Schenkel hob die Hand. „Musst du deinen Undercover-Einsatz überhaupt fortsetzen? Genau genommen ist doch Scherwandt der Mörder, oder? Auch wenn Krätz die Opfer beschafft. Scherwandt nimmt sie aus und bringt sie um. Wir lassen die ausliefern, machen Druck, sie liefern uns Krätz und …“

„… und der Staatsanwalt sagt uns wieder, dass es nicht reicht“, unterbrach Schmitt. „Scherwandt ist nicht blöd. Er verarbeitet Organe. Aber offiziell ist er kosmetischer Chirurg. Keine Verbindung zu Krätz. Alles läuft über Strohmänner. Wenn er nicht redet, haben wir nichts in der Hand, und er weiß das. Und er weiß auch: Egal, wie Krätz seine Frau zurichtet – er kann ihn nicht reinreiten, ohne selbst verknackt zu werden.“

„Du sagst, es gibt Tabellen. Listen.“

„Darin stehen Abkürzungen, aus denen ich meine Schlüsse ziehe. Beweise sind das für sich genommen nicht. Ich weiß aber, welche Ärzte für Dienstleistungen bezahlt werden und was sie bekommen. Es gibt Belege für die Zahlungen. Zeitliche Übereinstimmungen. Die sind in dem Geschäft unvermeidlich, die Organe müssen frisch transplantiert werden. Fedor hat Scherwandts komplettes Handy auf der Festplatte, jeden Anruf, E-Mails, alles.“

„Woher …?“

„Ist doch egal. Sicher ist: mit solchen lückenlosen Informationen könnten wir jemand im Netzwerk zum Reden bringen. Wir könnten mit den Boten anfangen. Die liefern gerichtsverwertbare Informationen, ohne Probleme zu machen, denn sie sind nur bezahlte Kuriere ohne Schweigepflicht. So könnte das laufen. Wenn der Staatsanwalt mitspielt."

„Im Moment ignoriert er sogar, dass Krätz eine Frau entführt hat."

„Lückenlose Doku kann er nicht ignorieren." Schmitt unterstreicht ihre Worte mit einem Schlag auf den Tisch. „Güterabwägung: Händel unter Gangstern, geringe bis keine Aussagebereitschaft, damit kaum Aussicht auf Verurteilung – die entführte Frau ist nichts wert. Beim Organhandel ist deutlich mehr drin. Deshalb will ich wieder da rein. Systematische, saubere Beweise zusammenstellen. Originaldokumente, mit denen wir die Beteiligten konfrontieren können, um uns zum Kern vorzuarbeiten."

„Offiziell?"

„Wird Zeit, meine Überstunden abzufeiern ..."

„Also inoffiziell."

„Klar. Vertraust du dem Staatsanwalt?"

Er grinste. „Nicht weiter, als ich ihn werfen könnte."

„Darum will ich lieber vollendete Tatsachen schaffen. Bleibt nur noch das Problem, dass auch dein Team mich an Krätz verraten könnte."

„Das hatten wir schon. Ich weiß nicht, wie du darauf kommst. Wir sind keine Ratten. Außerdem wissen wir dein Layla-Geheimnis eh alle, und bisher hat niemand geredet. Also was willst du?"

Schmitt insistierte: „Scheiße, Tom, nicht schmollen. Einfache Ermittlungsarbeit, okay? Was fehlt? Was brauchte Krätz, nachdem er Frau Scherwandt verstümmelt hatte?"

Er zog die Brauen hoch. „W-was meinst du?"

„Denk nach, Mann. Du bearbeitest eine Frau mit dem Messer, sie wird notdürftig behandelt, nun willst du die Verletzte schnell loswerden. Was brauchst du, ganz praktisch?"

„Ein Taxi?"

„Nah dran. Du brauchst einen Krankentransport mit Ausstattung für den Notfall. Ich habe herumtelefoniert. Das hat Krätz in jener Nacht auch getan. War nicht leicht, um die Zeit. Aber er hat ihn gekriegt. Gegen 2.30 Uhr bestellt, eine knappe Stunde später stand er vor der Tür. Privater Krankentransport nach Litauen. Hat ein Vermögen gekostet: ein großer, rot-weißer Mercedes Viano mit Hochdach. Unmöglich zu übersehen. So wenig, wie die Tat wahrscheinlich zu überhören war." Schmitt legte die Hand flach auf den Tisch und stellte fest: „Und dein Kollege sagt, da war nichts. Er spielt sein eigenes Spiel. Sammelt hinter deinem Rücken Material. Oder er unterdrückt es, für wen oder was auch immer.“

Schenkel schloss für einen Moment die Augen. „In dieser Nacht gab es angeblich einen Computerfehler. Keine Aufzeichnungen. Weder Ton noch Bilder. Wir haben das Gerät austauschen müssen.“

Die Kellnerin brachte Schmitts Käsesandwich.

„Du musst den Mann vom Dienstplan nehmen, sonst fühle ich mich nicht sicher“, sagte Schmitt und biss ab.

„Das ist nicht nötig“, sagte Schenkel langsam. „Aber du kannst trotzdem nicht wieder reingehen. Das Risiko wäre extrem hoch.“ Er sah plötzlich gestresst und krank aus. „Wir wussten, dass Scherwandts kommen würden, um über den Jahresabschluss zu reden. Er hat sich in der Nacht extra auf den Dienstplan setzen lassen.“

„Dein Chef“, stellte Schmitt fest.

Schenkel hob die Hände. „Reuben Arschloch Maier himself.“

***

Die Hand war bleich, entspannt, leicht gekrümmt, die langen Nägel gepflegt, wenn auch der Nagellack abblätterte.

Sie lag in dem Schuhkarton wie in einem Nest, gebettet auf weiße Papiertücher von einer Abreißrolle.

Die Schnittkante war verdeckt.

„Janets Hand?", fragte Schmitt.

Tuan Ho saß auf dem Metallrohstuhl im Hinterzimmer seines Ladens mit hängenden Armen, als hätte ihn die Lebenskraft verlassen. Der Chinese wirkte winzig in Unterhemd und Jeans. Das Neonlicht ließ seine Schultern noch knochiger wirken.

Er nickte nur.

Schmitt fragte nach: „Sicher? Es könnte irgendeine Hand …"

Er schaute auf. „Meinst du das ernst? Wessen Hand soll es sonst sein?"

Gut. Er war ganz bei sich, stand nicht unter Schock. Sie räusperte sich. Drückte ihre Zigarette in den Aschenbecher, dass Kippen über den Rand fielen.

Noch ein wenig den Weg bereiten vor den harten Fragen: „Die Frau, die … Also, Janet lebt."

„Du hast gesagt, du findest sie. Und jetzt …" Er nahm die Hände vors Gesicht.

„Ich werde sie finden. So lange sie lebt, gibt es Hoffnung."

Er senkte die Hände. „Woher willst du wissen, dass sie lebt?"

Sie zeigte auf den Karton. „Das Braune ist geronnenes Blut. Viel Blut. Aus der Hand einer Toten wäre es nicht rausgelaufen. Schon nach ein paar Minuten nicht mehr. Und es gäbe mehr Leichenflecken."

„Sie könnte also auch gerade tot gewesen sein."

„Welchen Sinn sollte das haben? Wenn sie tot wäre, gäbe es kein Druckmittel mehr gegen dich. Sie lebt."

Er nickte wieder. „Okay. Und jetzt? Was machst du jetzt?"

„Ich kann dir sagen, was der zuständige Bulle und der Staatsanwalt sagen werden. Sie werden sagen, dass es keine Verbindung zu Krätz gibt. Dass nichts dafür spricht, dass Janet sich in Krätz' Händen befindet."

„Und das Video? Scheiße, die haben doch das Video. Mit Herkunftsnachweis."

„Du bist als Hacker vorbestraft. Toller Herkunftsnachweis. Das Video ist schon abgehakt, kapierst du? Echtheit unklar. Wenn echt, blüht dem Täter nicht mehr als ein Urteil wegen schwerer Körperverletzung und Waffenbesitz. Die halten das für Gangsterscheiße, Kleinkram. Die fahnden nach Sachen, die wirklich groß und wichtig sind. Die scheißen auf Janet. Jedenfalls so lange sie ihre Ermittlungen nicht abgeschlossen haben. Erst dann kommt deine Frau dran. Ich kann schneller was für sie tun, aber ich muss alles wissen.“

„Was gibt es da zu wissen? Ich hab ihn für dich ausgespäht, da wurde sie entführt. Und jetzt ...“

„Scheiße“, sagte Schmitt. „Das ist Scheiße.“ Sie lehnte sich gegen den Arbeitstisch, dass das Regal dahinter schwankte.

„So war es aber.“

„Es lag keine Nachricht dabei?“

„Nein.“

„Keine direkte Forderung?“

„Nein.“

„Also weißt du, worum es geht.“

„Sage ich doch. Und du weißt es auch.“

„Überzeugt mich nicht. Darauf zu kommen, dass du ihn ausspionierst, und Janet zur Strafe anzuschießen, okay. Nachricht versandt, Nachricht empfangen. Aber sie noch festzuhalten, und ihr Tage später die Hand abzuschneiden – das ist keine Strafe, das ist Erpressung. Du hast vorhin selbst zugestimmt, als ich sagte, dass sie kein Druckmittel mehr hätten, wenn sie tot wäre. Okay. Also wozu der Druck? Was will er von dir? Was ist dir wertvoller als deine Frau, dass du es ihm nicht gibst? Wovor hast du mehr Angst, als davor, dass sie in Stücken zu dir zurückkommt?“

„Du spinnst.“

Schmitt blickte auf ihn hinab, ruhig, kalt. „Du hättest mit dem Video an die Öffentlichkeit gehen und mit Name und Anschrift Krätz bloßstellen können. Youtube, Facebook, Twitter. Für deinen Laden hier machst du da ja genug Wirbel, und den betreibst du nur als Fassade für die Geldwäsche. Stell dir die Boulevardschlagzeilen unter dem Bild der Hand vor: Polizei bleibt untätig. Der Folterknecht von Karlshorst. Aufschrei in allen Medien. Du weißt, wie das geht. Ich schätze daher, dass du deine Gründe hast, nicht die große Welle zu veranstalten.“

„Du spinnst“, sagte er noch einmal. Schaute zu Boden.

„Okay“, sagte sie nach langem Schweigen. Sie verschob den Tisch im Aufstehen gegen das Regal. Dessen Inhalt schepperte. „Wenn du es dir anders überlegst, weißt du, wo du mich findest.“

„Ich habe eine Lieferung unverschnittenes Heroin umgeleitet", sagte Tuan Ho schnell.

Schmitt blieb im Durchgang zum Laden stehen, drehte sich um.

Unter ihrem Blick hatte er das Bedürfnis, sich zu rechtfertigen: „Ich hatte mich doch sowieso in seine Geschäfte eingehackt, und da dachte ich …"

„Du bist irre. Du weißt doch, mit wem du es zu tun hast. Wie konntest du ausgerechnet Krätz …"

„Die anderen Male ist es gut gegangen", murmelte er. „Ich greife direkt in die Dokumente ein, ich produziere neue Originale. Das ist nicht nachzuverfolgen."

„Warum ist es diesmal aufgefallen?"

„Weiß nicht."

„Leite es zurück."

Er schüttelte den Kopf. „Ich hab es gleich verkauft. Kein Zugriff mehr möglich."

„Gib Krätz das Geld."

„Hat er schon. Aber er verarbeitet das Zeug zum großen Teil selbst weiter, teils hat er sogar seine eigenen Dealer. Normalerweise liegt sein Gewinn beim 20fachen dessen, was ich dafür gekriegt habe."

„Verstehe. Und du hast soviel Geld nicht."

„Ich bin bis zum Hals verschuldet."

„Wolltest du das Pokern nicht drangeben?"

Er schnaubte. Die Frage war tatsächlich nicht mehr entscheidend.

Schmitt hob die Augenbrauen. „Okay. Stell die Verbindung zwischen Krätz und deinem Käufer her. Krätz könnte versuchen, mit ihm einen Deal zu machen. Es ist immerhin sein Zeug."

„Dann müsste er mich umlegen. Bisher weiß niemand, dass ich ihn bestohlen habe. Sehr schlecht für seinen Ruf. Und der Käufer würde mich auch umlegen wollen. Diskretion ist unerlässlich in diesem Geschäft."

„Du hast dich ganz schön in die Scheiße geritten. Hatte deine Frau überhaupt etwas mit deinen Geschäften zu tun bisher?"

„Nein." Er zeigte das Lächeln, mit dem Chinesen Not und Peinlichkeit überspielen. Tränen in den Augen. „Sie wird mir nie verzeihen."

„Also, was will Krätz?"

„Ich sagte doch, er hätte deutlich mehr Geld …"

„Nein. Er kennt dich. Er weiß, dass du kein Geld hast. Er kann deine Frau noch so verstümmeln, dadurch wirst du nicht kreditwürdig. Was will er?"

„Ich kann es nicht. Ich habe ihm gesagt, dass ich es nicht kann."

„Was kannst du nicht?"

Er stöhnte. „Ich soll jemanden entführen. Ich bin Händler, Dieb, Hehler und Hacker. Aber ich kann niemand entführen."

„Nun sag schon: Wen?"

„Kennst du Staatsanwalt Koch?"

„Du sollst den Staatsanwalt entführen?"

„Er hat eine 14jährige Tochter …"

Schmitt hob die Hände. „Oh Allah. Warum zum Geier bist du damit nicht zur Polizei gegangen?"

Er zeigte wieder das asiatische Lächeln. „Ich war bei Koch."

„Und?"

„Er hat gesagt, wenn ich nicht das Maul halte, bin ich dran. Dann hat er mich weggeschickt."

Schmitts Mundwinkel zuckte. „Ich habe seine Handynummer. Kannst du dich auch in Kochs Handy einhacken? Und da ist noch eine Nummer, die ist etwas heikel."

„Ist der Staatsanwalt nicht heikel genug?"

„Staatsschutz. Die rechnen mit Hackern."

***

Berlin-Schöneberg

Sie war fast lautlos auf ihren nackten Sohlen. „Bist du wach?“

Anselm drehte sich unter seiner Decke. „'n Morgen, Schöne. Ich wollte gerade aufstehen.“

Ihr Haar war zerzaust, aber sie wirkte hellwach. „Sheri ist im Bad. Du musst noch warten.“ Sie schlüpfte unter die Decke, schmiegte sich in seinen Arm. „Ich gehe wieder rein.“

Er zog sie an sich. Küsste ihre Schläfe, ihre Wange. Spürte ihre Haut an seiner, schob seine Hände sanft über sie. Bemerkte, wie ihr Körper sich anspannte.

Er fragte: „Wann?“

„Heute Abend, spätestens morgen. Es wird einige Tage dauern. Vielleicht Wochen.“

„Und das muss sein?“

„Krätz muss gestoppt werden.“ Sie schob ihre Hand unter seine, die ihr Bein hinaufstrich.

„Und natürlich kannst nur du das schaffen“, sagte er.

„Ich hab sein Vertrauen.“

Sie konnte am Rhythmus seiner Atmung spüren, wie sehr er dies missbilligte. „Es ist kein Alleingang diesmal. Frieling weiß Bescheid und macht mit. Wenn ich Dokumente bringe, kann er es durchfechten. Zur Not geht er zum Justizsenator. Oder an die Presse.“ Sie drehte sich auf die Seite, legte die Hand auf Anselms Brust, spielte mit dem dünnen Haar, das sich da kräuselte.

Er streichelte ihre Schulter. „Wie stellst du dir das vor? Du wirst Krätz' Konkubine und bringst ihn im Bett zum Reden wie Mata Hari?“

Schmitt rollte sich aus seinem Arm, aus dem Bett. „Ich hasse diesen Ton.“ Sie lehnte sich an die Wand zwischen Regal und Fenster, nahm eine Zigarette aus der Packung auf dem Regal. „Eifersucht steht dir nicht.“ Sie rauchte. „Ich spiele meine Rolle weiter.“

Er stützte sich auf. „Wenn du zurückgehst, wird es eine andere Beziehung sein.“

„Das ist mir klar. Meine Rolle verändert sich. Die Sklavin ist frei, aber das Sklavische ist ihre zweite Natur geworden. Ich muss sie als Neurosen-Queen anlegen. Innerhalb der Grenzen seines Wunschbildes muss sie sich emanzipieren.“

Er nickte, zögerte. „Ich meine das jetzt nicht als Kritik: Sei du selbst.“

Ohne sichtbare Regung nahm sie den Faden auf. „Autoaggressiv, manisch, rebellisch, empfindlich, instabil, zerbrechlich … Genau so sehe ich das auch." Sie zog die Mundwinkel hoch, bis es wie ein Lächeln aussah. „Das wirkt bei euch Kerlen. Es weckt den Beschützerinstinkt."

„Lass mich da raus", sagte er. „Mit Krätz verbindet mich nichts."

Sie wandte ihm das unverletzte Profil zu, rauchte. Das harte Winterlicht schärfte ihre Konturen und Kurven, warf Schatten, wo Rippen und Hüftknochen sich unter der Haut abzeichneten.

„Du bist so schön", sagte er. „Und du wirst immer schöner."

Sie verschränkte die Arme. „Ich habe heut Nacht lange mit Sheri geredet. Erklärt, was ich mache. Wo ich hingehe. Dass es dauern kann."

„Sie vertraut dir. Ihr seid unglaublich eng."

„Ich missbrauche das nicht", antwortete Schmitt auf den unausgesprochenen Vorwurf. „Wenn es länger dauert, musst du ihr die Angst nehmen. Du musst ihr ein guter Vater sein."

„Als wenn ich das nicht sonst auch wäre."

„So meine ich das nicht. Du musst ihr Zuversicht geben. Sagen, dass ich zurückkomme."

„Kommst du zurück?"

Sie schwieg, zerrieb die Glut der Kippe zwischen den Fingern, ließ den Rest in den Ascher fallen.

„Wann geht es los?", fragte Anselm.

„Heute Abend gehe ich auf eine Party, wo Krätz erwartet wird."

****

4

Restaurant Vau, Berlin-Mitte

Krätz nahm sie unter all den Menschen sofort wahr. Sie stand mit dem Rücken zum Eingang. Um sie zu erkennen, reichte es ihm, ihr schwarzes Haar zu sehen, die typische Kopfhaltung, leicht vorgebeugt, ein wenig zur Seite geneigt.

Sie unterhielt sich mit einem jungen Mann in einem grau glänzenden Anzug.

Krätz war mit einer seiner Mietfreundinnen gekommen. Er reichte ihr seinen Mantel, ließ sie am Eingang stehen.

Es gab für ihn nur noch Layla im „Vau".

Bevor er neben ihr stand, signalisierte ihm etwas an ihrer Haltung, dass sie ihn wahrgenommen hatte.

Und richtig. Sie wandte sich ihm langsam zu, sagte tief und kalt: „Du."

Sie war einschüchternd groß auf ihren Plateausohlen. Ihr Körper in dem glatt fallenden, schwarzen Kleid wirkte wie aus weißem Marmor. „Willst du uns nicht vorstellen?", fragte Krätz.

„Nein."

Der junge Mann lächelte verlegen. „Habe ich etwas verpasst?" Er bot Krätz die Hand, sagte seinen Namen.

Krätz ignorierte ihn, gefangen von Laylas eisig schwarzem Blick. „Es tut mir leid."

Layla wandte sich an ihren Gesprächspartner. „Was meinen Sie – dieser Mann hat mich für Büroarbeiten in seinem Privathaus engagiert und zusätzlich Geld geboten, damit ich nackt arbeite. Dann hat er versucht, mich zu vergewaltigen. Sollte ich ihm verzeihen?"

„Okay. Ich dreh lieber mal eine Runde", sagte der junge Mann und mischte sich in die Menge.

„Wer ist das?", fragte Krätz.

„Vielleicht wird er ein Freier. Vielleicht ist er auch einfach nur ein Passant, ein Lächeln im Vorbeigehen. Was willst du?"

„Was muss ich tun, damit du mir verzeihst?"

„Lass mich in Ruhe. Und den Albaner auch. Er hat deine Anrufe satt. Die Drohungen, die Schmeicheleien, die Angebote. Einfach nur satt.“

„Ich kaufe dich frei. Du bekommst dein eigenes Zimmer, ein Auto. Du kannst selbst entscheiden, ob du meine Tochter oder meine Frau sein willst.“

„Lieber gehe ich für den Albaner anschaffen, als mich dir zu unterwerfen. Und darauf läuft es doch hinaus. Deine Frau, deine Tochter – ich habe erlebt, wie du auf Menschen losgehst, die du für dein Eigentum hältst, vergessen?“

„Okay, dann bist du eben gleichberechtigte Partnerin.“

„Ich will mit dir nichts zu tun haben.“

Sie hatte laut gesprochen, Köpfe drehten sich. Er schaute sich kurz um, trat näher an Layla heran, sagte: „Okay. Ich gebe alles auf. Ich ziehe mich zurück.“

„Das würdest du tun?“

„Für dich würde ich alles tun.“

„Ich bin schon jetzt zu alt für dich, und ich werde nicht jünger.“

„Ich würde alles für dich tun.“

Sie wischte sein Pathos beiseite. „Und irgendwann erpresst du mich doch mit meiner Schwester.“

„Ich gebe dir Geld. Du kannst dir ein Konto einrichten. Ich überweise dir so viel Geld, wie du willst. Zu deiner Verfügung. Bring sie irgendwo unter, ich will nicht wissen, wo.“

Sie lächelte nervös. „Ich habe keinen Pass, also wird es kein Konto geben.“

Er straffte sich. „Verdammt, was soll ich noch sagen, damit du kapierst, dass ich mich ändern will?“ Er schien nicht mehr zu wissen, wohin mit seinen Händen. Stand linkisch da in seinem schwarzen Anzug.

Sie hob den Kopf, blickte über ihn hinweg. „Du bist mir vollkommen egal.“

Er griff nach ihrer Hand. Sie wich zurück, bis sie jemanden anrempelte, sagte: „Du machst dich lächerlich.“ Sie winkte dem Mann, mit dem sie zusammengestanden hatte. Drängte sich zwischen den Menschen durch zu ihm.

Krätz schaute ihr nach, wollte etwas herausbrüllen, nahm ein Champagnerglas von einem auf der Hand der Kellnerin vorbeischwebenden Tablett. Es entglitt seinen Fingern, zerschellte am Boden.

Layla drehte sich nicht nach ihm um.

Die Party ging über den Moment hinweg.

Niemand registrierte, wie Krätz seiner Mietbegleitung den Mantel entriss und mit gesenktem Kopf dem Ausgang zu strebte, als wäre er allein gekommen.

***

Berlin-Karlshorst

„*Du* bist es", sagte Fedor. „Ich hab dich kaum erkannt mit Kleidern. Was willst du?"

Sie schob den Trageriemen ihrer Reisetasche auf die andere Schulter. „Er hat mich gebeten, zurückzukommen."

„Gebeten, ja?" Fedor grinste.

„Gebeten", sagte sie kalt. „Er kann mich nicht kaufen."

Er gab die Tür frei. Gerade so weit, dass sie sich an ihm vorbeidrücken musste, um ins Haus zu kommen. Er ließ die Hand unter ihre Lederjacke gleiten und strich ihr über die Brust. Schob das Bein vor. Umfing mit dem anderen Arm ihre Taille. Spürte, wie ihr Körper sich spannte.

Sie hatte Mühe, sich zu beherrschen. „Was", zischte sie.

„Gefällt mir nicht, dass du hier bist", sagte er nah an ihrem Ohr.

Sie drückte sich mit beiden Händen von ihm ab. „Nicht dein Problem, oder?"

Schritte näherten sich. Fedor wich zurück und schloss die Haustür. Zog ihr die Tasche von der Schulter. Wühlte darin herum.

„Layla", rief Krätz. Freude, und, für seine Verhältnisse, Wärme lagen in diesem Ausruf.

„Du hast gesagt, du willst alles ändern", sagte sie. Ließ Umarmung und Wangenküsse zu. „Ich kann helfen." Sie schlüpfte aus ihrer Lederjacke, stieg aus den Stiefeln, löste den Zopf, schüttelte ihr Haar frei. Ungeschminkt, in Jeans und T-Shirt, sah sie jung aus wie eine Schülerin.

„Du … du willst bleiben?"

„Ein falsches Wort, eine Drohung, und ich bin weg."

Er zog sie an sich. Sie ließ es geschehen. Wich aus, als seine Lippen ihre suchten. Legte ihren Kopf sanft an seinen, erwiderte die Umarmung, ohne dass sie sich entspannte.

Krätz trat einen Schritt zurück, verlegen wie ein Junge. „Ich hab dich vermisst."

„Ja", sagte sie.

Fedor zog eine halb durchsichtige Plastikdose voller Tabletten aus der Reisetasche. „Was ist das?"

Sie legte den Finger auf ihre Narbe. „Gegen die Schmerzen. Und was zum Schlafen."

Er ließ die Dose in die Tasche fallen, reichte sie ihr zurück.

Krätz fragte: „Soll ich dir dein Zimmer zeigen?"

Sie nickte. Er ging voraus. Auf dem Weg versuchte sie, das Gefühl seiner Umarmung loszuwerden. Es war ein Ekel, den sie auf der Haut spürte, wie man Übelkeit im Magen spüren kann. Allah, mach, dass ich ihn für mein Vorhaben nicht näher heranlassen muss.

Es war das große Zimmer über dem Eingang. Der Raum war mit Teppichboden ausgelegt, hatte einen Erker, in dem ein Schreibtisch und ein Stuhl standen.

Doppelbett, Schrank mit Spiegeltüren, Fernseher auf einem Sideboard, Sofa und Sessel mit riesigem Blumenmuster. Die anderen Möbel und der Teppich waren elfenbeinfarben, die Wände weinrot.

„Neo Rauch", sagte sie, als sie das Bild an der Wand gegenüber dem Fenster sah. Auf den ersten Blick zeigte es eine Werkstatt, altmeisterlich anmutend. Auf den zweiten Blick wirkte es sanft verstörend, denn nichts passte wirklich zusammen.

„Du kennst Neo Rauch?"

„Jeder kennt Neo Rauch." Fehler. Prickeln der Panik in ihrem Nacken. Schon für eine Polizistin war Kunstverstand ungewöhnlich. Layla, die kurdische Zwangsprostituierte, und Neo Rauch – das passte nicht.

Krätz ging darüber hinweg.

War er nicht mehr wachsam?

Oder hatte er sie durchschaut und bereitete eine Attacke aus dem Nichts vor, wie der Stoß mit der Gabel durch Karin Scherwandts Hand?

„Das soll mein Zimmer sein?"

„Ja. Und du hast ein eigenes Bad." Er zeigte auf eine schmale Tür.

Sie stellte ihre Tasche aufs Bett, kniete nieder, nahm seine Hand und küsste sie. „Danke." Sie schmiegte die Wange gegen seinen Handrücken. Kühl, trocken wie Pergament.

Er zitterte, als sie die Hand losließ.

Sie zog ihr T-Shirt aus, öffnete die Jeans.

„Nein", sagte er. „Bitte, nicht."

Sie kreuzte die Arme vor der Brust. „Ich dachte …"

„Du bist jetzt frei. Deine Tür hat einen Schlüssel. Du machst, was du für richtig hältst. Ich nehme an, dass du freiwillig nicht nackt herumspringst."

Sie wusste, dass sie emotional reagieren musste. Sie hatte viele Mädchen zusammenbrechen sehen, als ihnen klar wurde, dass ihr Leiden ein Ende hatte. Sie beugte sich vor, sank auf den Boden, nahm die Hände vors Gesicht. Sagte leise: „Entschuldige. Entschuldige bitte. Das ist alles zu viel für mich."

Sie zuckte zusammen, als er ihre Schulter berührte.

„Ich lasse dich allein. Nimm dir erst mal Zeit, klarzukommen", murmelte er, ging hinaus, schloss die Tür.

Layla war zurück.

Schmitt dachte nach.

Wer ist Layla 2?

Was geschieht mit ihr, wenn Layla 1 frei ist, freier zumindest, wenn auch gebunden an einen alten Mann, von dem sie weiß, dass er ein Sadist ist, der zu rauschaften Gewaltausbrüchen neigt?

Ein Kinderschänder, Vergewaltiger. Ein manipulativer, paranoider Charakter.

Und verliebt in Layla 1. Die er dennoch demütigte. Denn das war sein übliches Spiel.

Sie musste ihn nicht lieben. Darauf kam es nicht an. Layla 1 war ein Produkt, dessen Gestaltung er durch Nachfrage bestimmte.

Aber ihr Verstand unterwarf sich nicht.

Auch Layla 2 war ein Produkt. Wie Layla 1 doppelt traumatisiert, Borderlinerin, mit Gewalt zumindest zur physischen Unterwerfung dressiert, opportunistisch aus Selbstschutz. Aber sie verfügte über ungleich größeren Bewegungsraum.

Sie erhob sich, die Jeans abstreifend, öffnete den Kleiderschrank.

Die Einkäufe waren da, das rote Kleid.

Layla 2 ist frei, aber sie ist unsicher, außer Kontrolle.

Sie will geliebt werden. Eine Illegale, heimatlos, im Grunde sogar obdachlos. Sie braucht Krätz' Schutz.

Sie nahm einen Bügel aus dem Schrank. Krätz hatte beim Shoppen viel Zeit investiert, Nachthemden für sie auszusuchen, drei Stück, einander sehr ähnlich, alle weiß, schlicht, halb durchsichtig, mit Spaghettiträgern. Sehr mädchenhaft, sehr kurz.

Nach dem Bild in seinem Kopf von der Frau, die er liebt.

Schmitt ahnte, dass sie in seinen Träumen so ein Hemdchen trug. Kindlich, engelhaft – heilige Unschuld.

Sie hielt sich eines vor. Es strich über ihren Körper wie eine Sommerbrise.

Aber Layla 2 wurde nicht dafür bezahlt, so herumzulaufen. Sie hatte die Wahl. Schwierig.

Schmitt hängte das Hemd zurück, betrachtete sich im Spiegel.

Sah Beute, nicht Schönheit.

Sie verzog den Mund, um die Scheißperfektion zu stören, der selbst die Narben wenig anhaben konnten.

Würde sich Layla ebenso hassen, wie Sibel Schmitt sich hasste? Hätte auch Layla das Gefühl, dass sie ohne diesen Athletinnenkörper, ohne die Rehaugen, diesen Kussmund besser bedient gewesen wäre? Oder würde sich Layla genau darauf verlassen, weil es das einzige war, das sie hatte, um im Leben weiterzukommen – nicht nur eine Ursache ihres Elends, sondern auch Kapital?

Schmitt setzte nicht auf ihren Körper, um weiterzukommen. In Schmitts Jeans, T-Shirt, Lederjacke war Layla 2 bei Krätz aufgetaucht, ohne dass Schmitt darüber nachgedacht hätte. Es war halt ihr Look, alltäglicher Look für Jungs und selbstbewusste Mädels ohne großes Modebewusstsein.

Layla war nicht taff. Layla hatte im Gegensatz zu Schmitt keine Top-Noten in Schule und Universität, die ihrer Zukunft eine andere Grundlage als Schönheit und den Schutz eines Mannes gaben.

Aber Layla mochte sich vielleicht stärken in der taffen Uniform, kam Schmitt in den Sinn.

Layla 2 würde Wert legen auf diese Stärkung, aber bei Konflikten Unterwerfung zur Versöhnung anbieten, dachte sie.

Und zog, erleichtert, Jeans und T-Shirt wieder an.

Den ersten Streit hatten sie noch vor dem Abend. Krätz' Vorstellung, wie er seine Geschäfte beenden könnte, lief darauf hinaus, sich zurückzuziehen und seinen Partnern und Fedor das Operative zu überlassen.

„Du hast im Vau gesagt, du würdest alles beenden", hielt sie ihm vor.

„Ich habe im Vau gar nichts zu Details gesagt."

„Ich würde alles für dich tun – habe ich das wenigstens gehört, oder etwa auch nicht?"

„Ja, das hast du gehört."

„Was immer du im Vau gesagt hast oder nicht, ist also völlig egal. Ich bitte dich *jetzt* darum, dass du alle Geschäfte einstellst. Du sagtest, ich könnte deine Frau, deine Tochter, deine Partnerin sein. Nun, Partner: Wenn du mit mir zu tun hast, wirst du saubere oder keine Geschäfte machen."

„Ich werde mich aus allem zurückziehen, ich werde …", rief er.

Sie unterbrach: „Schöner Rückzug, wenn alles an der Seite weiterläuft und du weiter profitierst."

„Ich habe das alles aufgebaut."

Sie schrie nun: „Sag es doch. Sag, dass du für eine blöde Nutte, die du irgendeinem Arschloch abgekauft hast, dein Leben nicht änderst. Sag es! Hol doch wieder deinen Stock und bring mir Gehorsam bei. Auf mich kommt es nicht an. Sag es doch."

Schmitt stellte fest, dass ihr plötzlich die Tränen runterliefen. Sie rannte hinaus, schlug die Tür. Die Treppe hinauf, in ihr Zimmer. Schloss ab.

Keine Minute später bewegte sich die Türklinke. „Layla, lass mich rein."

Sie schwieg.

„Lass mich rein. Ich will es dir erklären."

Sie regte sich nicht.

„Das sind nicht einfach nur Geschäfte. Das endet nicht einfach so, wenn ich nicht weitermache. Es ist ein Beziehungsgeflecht."

Sie hielt den Atem an. Noch ist nicht der richtige Moment, dachte sie. Hoffte, dass sie diesen Moment gefühlsmäßig irgendwie erkennen würde.

„Von innen kann ich es noch beeinflussen, auch wenn ich nicht mehr aktiv bin", sagte er. „Dann beende ich nicht nur *meine* Geschäfte."

„Verschwinde."

„Hast du nicht gehört? Ich will ja, aber im Gegensatz zu dir kenne ich die Strukturen. Denkst du, ich ziehe mich zurück, und diese Geschäfte verschwinden?"

„Du bist ein scheinheiliges Arschloch", rief sie. „Du hältst mich wohl für blöd. Die Typen aus der zweiten Reihe hören doch alle nur auf dich. Du würdest der Chef bleiben."

„Layla, ich …"

Sie schaltete den Fernseher ein, drehte den Ton hoch.

Es war noch dunkel, als Krätz Layla am Küchentisch fand. Sie frühstückte Tee, Brot, Käse.

„Guten Morgen", grüßte er.

Sie erhob sich, nahm Teller und Tasse auf. Das Licht der Lampe über dem Tisch verhärtete ihr Gesicht, verklärte ihren Körper im halbtransparenten Musselin.

„Du bist wunderschön in dem Hemd", sagte er. „Mein schwarzer Engel."

Sie stand vor ihm. Blickte über ihn hinweg. Ruhig, ohne erkennbare Emotion. Fast nackt in dem Nichts von einem Nachthemd, einen Kopf größer, dünn und verletzlich. So nah, dass er ihren Duft und das Nikotin riechen konnte. Er hätte sie packen können. Sie mit der Faust in ihrem Haar zum Tisch zerren, sie über die Kante zwingen, sie nehmen wie eine Hündin. Oder sie einfach zu Boden schlagen.

Was hielt ihn ab?

Er spürte ihre Präsenz wie die Sommersonne am Mittag.

Es erregte ihn.

Ihre Blicke trafen sich. Ihr Mundwinkel zuckte. Er sah Geringschätzung, Ekel.

Er trat beiseite, gab die Tür frei. Sie trug Teller und Tasse in den Flur, die Treppe hinauf, verschwand in ihrem Zimmer.

Er folgte mit Abstand, legte die Hand an die Klinke ihrer Tür.

Wagte nicht, sie niederzudrücken, aus Angst, dass die Tür sich öffnen und Laylas Hass sich in Worten manifestieren würde, nicht revidierbar, endgültig.

Stunden später klopfte er.

Er war immer wieder an ihre Tür gegangen. Hatte gelauscht.

Tiefes Schweigen der Ablehnung.

Er klopfte noch einmal.

Der Schlüssel drehte sich. Das Fenster im Rücken, umrahmte das Hemd ihre schlanke Silhouette wie eine Halo. „Du hast es dir überlegt?", fragte sie kalt.

„Ich gebe alles auf", sagte er heiser, gegen seine Überzeugung.

„Gut", sagte sie. Trat einen Schritt zurück, als er die Hand hob, um sie zu berühren. „Worauf warten wir. Wir machen einen Plan, deine Geschäfte zu entflechten."

Krätz sagte immer wieder: „Es ist naiv zu denken, dass ich aussteige, und alles läuft nicht genau so weiter wie bisher – nur mit anderem Personal an einem anderen Ort."

Es war klar, dass er nicht die Absicht hatte, seine Geschäfte zu beenden. Doch darum ging es ja nur Layla, der Kunstfigur. Schmitt gewann durch die Auseinandersetzung mit Krätz' Geschäften den Überblick bis in den letzten Winkel seiner Aktivitäten.

Papierstapel auf dem Teppich im Arbeitszimmer: legale Geschäfte hier, illegale da.

Es war nicht leicht.

Der überwiegende Teil von Krätz Unternehmungen war illegal. Drogen, Menschen, Zwangsprostitution, Organe, Waffen. Aber vieles davon endete auf Umwegen in Legalität. Das Schwarzgeld wurde in Restaurants, Imbissbuden, Clubs, Automatenspielhallen in ganz Europa gewaschen. Die betrieben im Kern legale

Geschäfte, bei denen Bargeldzufluss auch im größeren Ausmaß unbemerkt blieb. Die meisten dieser Kleinunternehmen gehörten Krätz gemeinsam mit lokalen Partnern. Viele davon konnten auch ohne die falschen Rechnungen existieren, über die Geld aus Drogen-, Menschen- und illegalem Waffenhandel in den Wirtschaftskreislauf eingefüttert wurde. Der „Legal"-Stapel wuchs.

„Prostitution ist in den meisten Ländern legal oder allenfalls ordnungswidrig", protestierte Krätz. „Denk an die vielen Mädchen, die in meinen Häusern Schutz und Obdach bekommen. Ich bin ein guter Arbeitgeber."

„Ohne dich würden viele dieser Mädchen gar nicht als Huren arbeiten müssen", bemerkte sie düster.

Schmitt schluckte schwer an dem „guten Arbeitgeber". Und sie bekämpfte ihren Impuls, eine Diskussion über Zwangsprostitution anzuzetteln – vermintes Gelände.

Die Klinik in Litauen, laut Krätz „eine funktionierende, mit High Tech auf höchstem Niveau arbeitende kosmetische Chirurgie und Transplantationsklinik".

Da Krätz nicht ahnte, dass sie auf den Organhandel gestoßen war, behielt Schmitt die Analyse für sich, dass die Klinik tatsächlich auch ohne illegale Transplantationen und Mord zu betreiben gewesen wäre.

Er sagte: „Du kannst es googeln: In Litauen brauchst du für die Organentnahme nur die einfache Zustimmung des Spenders oder seiner Verwandten, darüber hinaus gibt es keine Regeln."

Der Waffenmarkt: Krätz ließ nicht in Nacht-und-Nebel-Aktionen kotverschmierte Lkw mit gefälschten Kennzeichen über innerafrikanische Grenzen fahren. Er gebot über Warenströme, die weit über solchen Kleinkram hinausgingen. Er vermittelte deutsche Waffen nach Saudi-Arabien, russische nach Iran, chinesische nach Pakistan, amerikanische nach Ägypten. Vieles davon war zunächst einmal legal. Und es war nur aus deutscher Sicht illegal, die Waffen von dort weiterzuleiten in Staaten und an Gruppen, die direkt nicht hätten beliefert werden dürfen.

Alles, wessen es dazu bedurfte, waren Zeit, Geduld und die Beziehungen, den Papierkram entsprechend zu regeln.

„Denkst du, die Hersteller wissen nicht, was da läuft?", fragte Krätz, als sie wieder einmal einen solchen Deal auf den Stapel der zu beendenden Geschäfte legen wollte. „Die wissen ganz genau, wohin die Reise wirklich geht. Du siehst es am Kleingedruckten: Da kann schon mal ein Sturmgewehr mit Dschungelausstattung in ein Land expediert werden, wo es die Wüstenspezifikationen bräuchte. Zufall. Jeder kann es sehen. Ein dummer Fehler. Kommt aber nie jemand drauf. Und denkst du, dass sich ein Amerikaner wundert, wenn er in Afghanistan mit Waffen aus dem Arsenal eines US-Herstellers beschossen wird? Im Zweifel reagiert eine Lenkrakete auf irgendeinen Anti-Friendly-Fire-Mikrochip in seinem Armoured Vehicle und schlägt daneben ein, statt ihn zu töten."

Krätz lächelte, war in seinem Element. „Abu Nar zum Beispiel und Seinesgleichen haben mehr für die Stabilität der Welt getan, als du und die meisten anderen ermessen können. Jedes Geschäft mit ihm hat ein Gegengeschäft. Du siehst nur die Oberfläche. Das Gesamtbild ist hoch komplex. Aus Sicht des Westens ist er ein nützlicher Idiot, den man bei Laune halten muss. Er ist ein Geschöpf des Westens, und er erhöht gerade seinen Preis. Er hätte den Sprengstoff für die Bombengürtel nicht, wenn niemand wollte, dass er ihn hat."

Das Schweigen, zu dem sie sich zwang, kam ihr ewig vor.

Krätz fragte: „Hast du dir mal überlegt, wie es kommt, dass du in Deutschland bist?"

Sie schüttelte den Kopf.

Ihr Nacken prickelte. Müsste sie nun Details erinnern, die sie von den Schuldsklavinnen, die sie aus Bordellen befreite, für das Sittendezernat des LKA nie zu erfragen hatte?

Aber es war eine rhetorische Frage. Er beantwortete sie selbst: „Die Türken führen einen Bürgerkrieg gegen kurdische Milizen, sie foltern und töten kurdische Männer und vergewaltigen und foltern kurdische Frauen, die sie für Extremisten halten oder zu solchen erklären. Sie lassen Frauen, Kinder und junge Männer bereitwillig nach Europa fliehen. Welches Muster erkennst du?"

Sie zog die Schultern hoch. „Ethnische Säuberung?"

Er nickte. „Eine uralte, auf archaische Ehrbegriffe eingeschworene, sehr enge patriarchalische Gemeinschaft wird gezielt personell, moralisch und räumlich zersetzt. Und jetzt sag mir, warum die Amerikaner und die Deutschen Waffen an die Türken, ihre Nato-Partner, liefern, aber auch an die Kurden, offiziell und dank meiner Dienste auch verdeckt?"

Sie schüttelte schweigend den Kopf.

„Das ist ein weltweites Bild: Die Terroristen der einen sind die Freiheitskämpfer der anderen. Leute wie ich sorgen für die Balance. Du willst es schwarz, du willst es weiß. Das gibt es nicht."

Still und etwas heiser wandte sie ein: „Es sind meine Leute, die zwischen den Fronten sterben." Und stapelte die Listen der Waffengeschäfte separat, aber auf die Illegal-Seite. Er biss sich auf die Unterlippe. Schwieg mit einem verkniffenen Gesichtsausdruck. Philosophierte bei nächster Gelegenheit von dem „großen Spiel" der Mächte.

Sie addierte: Allein die Waffengeschäfte der letzten drei Jahre hatten einen Umfang von mehr als zweihundertzwanzig Millionen Euro, die teilweise an Briefkastenfirmen gezahlt worden waren.

Schmitt sammelte, Schmitt wertete aus.

Layla lauschte mit großen Augen Krätz' Worten.

Er betrachtete ihre „Partnerschaft" offenkundig als pädagogisches Projekt. Schmitt amüsierte es, wie er sich ins Zeug legte, seine Verbrechen als altruistische Großtaten erscheinen zu lassen und vor dem Hintergrund der „zynischen, von westlichen Wirtschaftsinteressen dominierten Weltpolitik" zu rechtfertigen. Sie nutzte es für ihre Zwecke. Achtete darauf, dass ihre Arbeit den Eindruck größter Ernst- und Gewissenhaftigkeit machte. Ihre Fragen wirkten stets naiv.

Tagsüber war Krätz oft unterwegs. Nicht immer mit Fedor.

Der tauchte bei ihr im Arbeitszimmer auf. Verschob mit der Schuhspitze einen „Legal"-Stapel. „Was machst du?"

„Weißt du doch." Sie ordnete den Stapel.

Fedor stellte den Fuß auf ihr Handgelenk, belastete das Bein. Der Absatz des italienischen Halbschuhs bohrte sich in ihren Handrücken.

„Du tust mir weh."

Er griff in ihr Haar. „Wer bist du?"

„Das weißt du doch. Lass mich in Ruhe."

„Ich habe mich bei Leuten erkundigt, die Kunden beim Albaner sind. Niemand kennt dich." Er packte die Strähne fester, drehte seine Faust.

„Ich bin kein Wanderpokal. Der Albaner muss Hunderte Kunden haben. Jedenfalls hat er genug andere Mädchen."

Er verschärfte das Zerren, verlagerte sein Gewicht auf ihre Hand. Sie zog Luft durch die Zähne. Er gab ihre Hand frei, zog sie am Haar hoch. Sie stand auf den Zehenspitzen.

Er war sehr kräftig, kompakt, kleiner als sie. Durchtrainiert, kampferfahren, sicher, aber schwerfällig.

Kampfsport und Bodybuilding, schätzte sie.

Zu viel Muskelmasse macht unbeweglich.

Schmitt spielte Möglichkeiten durch, ihn außer Gefecht zu setzen.

An sich kein Problem.

Er hielt sie nicht wirklich unter Kontrolle. Keine Deckung. Er glaubte sie wehrlos, ließ ihr beide Arme.

Mit wenigen Griffen und etwas mehr Schwung als in ihrem Kampfsport-Training könnte sie ihn erledigen.

Sie konzentrierte sich, um sich zu beherrschen. „Was zum Teufel willst du von mir?"

Er zwang ihren Kopf nach hinten, legte die Fingerspitzen in ihren Nacken, den Daumen an ihre Kehle, drückte zu.

„Sag mir einen Namen. Nur einen. Nenn mir einen, der dich kennt."

Sie hustete, hob die Arme, packte mit beiden Händen nach der Faust, die ihr die Luft abdrückte. Zischte: „Trübe Tasse, schlaffer Sack, stinkende Sau … Willst du mehr Namen? Was glaubst du eigentlich, was diese Parade perverser Schwanzträger für mich war? Ein Freier ist wie der andere. Manche riechen besser. Das ist alles."

Sie verkrallte sich in seine Faust mit derselben Wucht, die sie in Hiebe gelegt hätte. Trieb ihre Nägel in seine Hand.

Er ließ mit einem Laut des Schmerzes und der Überraschung ihr Haar und ihre Kehle fahren. Traf ihre Wange mit einer Rückhand, deren Schnelligkeit sie über-raschte. Der Schlag warf sie bis zum Schreibtisch.

Er war im selben Moment bei ihr. Packte, drehte sie, drückte sie nieder. Sie schrie unartikuliert, Kopf auf der Tischplatte, Fedors Pranke im Nacken.

Er kickte ihre Beine auseinander. Riss ihr Hemd hoch. Löste seinen Gürtel.

Plötzlich ließ er von ihr ab. Zog seinen verrutschten Anzug zurecht, wandte sich zur Tür. „Ich kriege dich, Hure."

Sie erhob sich keuchend, aufgelöst, zitternd vom Zügeln ihrer mächtigen Ab-wehrreflexe.

Sie hörte Fedor im Flur mit Krätz reden. Leise, wie ein gehorsames Kind. Sie verstand Krätz' Antwort nicht, aber der Klang seiner Stimme war dominant, hart. Die Dialoge der beiden Männer hatten immer diese Melodie.

Sie fragte sich, wie sehr Fedor mit sanftem Druck über Krätz bestimmen mochte.

Dann stand Krätz in der Tür. Sie hatte die Hand an der Wange, die von Fedors Schlag brannte. „Was ist? Ist was?"

Sie schluckte. Tippte die Narbe an. „Nein. Nein, nein. Kopfschmerzen, wie üblich. Keine Sorge." Sie zwang sich zu lächeln.

„Okay. Ich wollte nur sagen, ich bin wieder da. Wenn was ist …"

Sie arbeitete, bis das Haus ganz still war.

Schaltete das Flurlicht aus. Ließ die Tür des Arbeitszimmers offen. Hoffte, dass niemand sich anschleichen und ins Zimmer platzen würde. Setzte sich mit dem Gesicht zur Tür auf den Teppich.

Krätz hatte ihr ein eigenes Profil auf seinem Notebook eingerichtet und die Geschäftsordner auf der Festplatte für sie freigegeben.

Keine Gefahr mehr, dass sie auf seinem Profil Chatprotokolle fand.

Sie ging die Geschäftsordner durch.

Eine Art Archiv, genau so ungeordnet wie die Papierstapel, die sie in den Ordnern im Arbeitszimmer vorgefunden hatte. Mails, Rechnungen, Tabellen, Steuerbescheide.

Sie loggte das Notebook aus Krätz' WLAN aus. Schaltete den Wifi-Adapter ab. Kopierte Dokumente mit Beweismittel-Potenzial in einen neuen Ordner auf dem Desktop. Sparsam, damit die Datenmenge nicht zu groß wurde, aber eher mehr Dokumente als weniger. Aktivierte den Hotspot ihres Smartphones, verband das Notebook mit dem Hotspot, loggte sich mit Firefox in einem anonymen Mailaccount ein, mailte den Ordner an die Adresse desselben Accounts.

Sieben Minuten Sendezeit, während derer sie praktisch nackt war. Das WLAN des Hotspots konnte sie verraten.

Sie sprang auf, zündete sich eine Zigarette an, lauschte ins Haus.

Überreiztes Rauschen in den Ohren.

Zuckte zusammen, als ein leiser Dreiklang signalisierte, dass die Datei erfolgreich versandt war.

Sie schaltete den Hotspot aus. Löschte die temporären Browserdaten, den Ordner, den Hotspot aus der Liste der Verbindungen im Notebook. Fotografierte mit ihrem Smartphone Papiere, die sie nicht als Datei im Notebook fand. Mailte die Fotos mobil an dieselbe Adresse. Löschte die Bilder. Löschte die Mails. Löschte die „Gesendet"-Speicher. Löschte das Archiv „gelöschte Dateien", so weit zugänglich.

Es war halb fünf. Sie bemerkte, wie geschafft sie war. Zitterte haltlos in ihrem Hemd – Müdigkeit, Kälte. Irgendwann in der Nacht musste eine Automatik die Zentralheizung abgestellt haben.

Sie ging in ihr Zimmer, rollte sich unter der Decke zusammen.

Erwachte, verwirrt, schon nach wenigen Minuten.

Jemand schlich sich ins Zimmer.

Sie spannte sich wie eine Stahlfeder.

Krätz legte sich zu ihr, an den Rand des Betts. Deckte sich nicht zu. Regte sich nicht. Schien nicht einmal zu atmen.

Ihr Kopf dröhnte, Fluchtgedanken überschlugen sich.

Er lag still. Unternahm keinen Versuch, sich ihr zu nähern.

Irgendwann dämmerte sie in einen leichten Schlaf.

Als sie hochschreckte, war er gegangen.

***

Mail von Tuan Ho an Sibel Schmitt

„… Ich habe nicht viel gefunden auf Kochs Handy. Wenn er korrupt ist, verbirgt er das gut oder wickelt es nicht elektronisch ab. Keine versteckte Kommunikation, kein geheimes, anonymes E-Mail-Konto. Auch auf seinem PC keine entsprechende Aktivität. In einem virtuellen Safe einige Tausend Porno-Bilder und Videos auf der Festplatte, aber nichts Illegales.

Keine Verbindung vom Staatsanwalt zu Krätz, so weit Nummern nicht unterdrückt sind. Was ist mit meiner Frau? Hast du Janet gefunden? …“

Mail von Sibel Schmitt an Tuan Ho

„… Ich bin deiner Frau auf der Spur. Ich weiß, dass es schwer für Euch ist, aber du musst Geduld haben.

Gibt es bei Koch irgendein wiederkehrendes Muster? Auffällig hohe Überweisungen an bestimmte Konten, besonders viel Kommunikation (Mails, Chats, Anrufe, Faxe) mit bestimmten Personen?

Geh einige Jahre zurück, wenn du kannst.“

Mail von Tuan Ho an Sibel Schmitt

„… Der Großteil der Kommunikation ist dienstlich. Staatsanwaltschaft, Polizei. Zweiter großer Komplex ist mit seiner Frau und seiner Tochter. Evtl. verdächtig: Er hat vor einigen Wochen von seinem Konto 25.000 Euro abgehoben, und er hat eine geerbte Wohnung verkauft, aber das Geld ist nicht auf dem Konto gelandet. Sonst finde ich nichts.“

Mail von Sibel Schmitt an Tuan Ho

„Wo ist das Geld? Auto-, Boot-, Hauskauf, Reise? Schau auch in die Fotos.“

Mail von Tuan Ho an Sibel Schmitt

„Finde nichts. Schau dir die Fotos selber an (Anhang). Habe alles stark komprimiert, dass es nicht zu lang lädt. Klicken auf den Ordner entpackt ihn."

Mail von Sibel Schmitt an Tuan Ho

„Alles klar, du kannst aufhören. Es geht nicht um das Geld. Dass du es nicht gesehen hast! Es ist so offensichtlich, dass man erst nicht darauf kommt."

***

5

Berlin-Karlshorst

Krätz nahm Viagra nicht nur zur sexuellen Stimulation. Er nahm Viagra gegen das Gefühl, alt zu sein. Viagra und Kokain. Die Mischung spitzte ihn zu, öffnete ihn für Layla.

Schmitt spürte, wie sie ihn immer mehr einfing und an sich band. Er suchte das Gespräch, ihre Nähe, ihre Berührung. Umgarnte sie.

Layla 2, das Wesen aus Krätz' Phantasie: Sie übte, lernte, entwickelte sich zur katzenhaften Existenz, somnambul, autark.

Schmitt ließ sich gehen, schöpfte Layla aus den eigenen Traumata. Zwang ihre wogenden Emotionen nicht nieder, wie sonst. Verstärkte sie, lebte sie aus. Bis hin zu den Zwangsneurosen und den Übersprungshandlungen. Reagierte schreiend auf Nähe, statt nur mit dem üblichen Zucken und Verhärten, beherrschte sich nicht bei Flashbacks. Sie weinte oder krampfte. Kontrollierte nicht ihr gestörtes Körperempfinden, als sie einen glühenden Scheit, der aus dem Kamin gefallen war, mit bloßer Hand zurück warf. „Ich muss mich konzentrieren, dass ich mich spüre", erklärte sie Krätz auf dem Weg in die Notaufnahme, wo die Verbrennungen versorgt wurden.

„Missbrauch und Misshandlungen", sagte er, und es war keine Frage.

Sie ergab sich einem Flashback, der sie mit den Zähnen knirschen machte.

Epische Ausbrüche, wenn sie sich hintergangen oder zurückgesetzt fühlte. Krätz lieferte dafür reichlich Anlässe: Lose Enden bewiesen, dass er Dokumente vor ihr verborgen hielt.

Sie lernte, sich zu steigern. Von leisen Fragen zu gebrüllten Vorwürfen zu abgerissenen Schranktüren, fliegenden Vasen. Von Szenen unter Tränen zu Scheinangriffen mit geballten Fäusten, sich die Kleider vom Leibe fetzend: „Ich hasse dich! Denkst du, wenn du ein paar teure Lumpen spendierst, gehöre ich dir? Dein Scheiß Sugardaddy-Gehabe. Hasse hasse hasse dich!"

Dann wirkte sie wieder gleichgültig, nachlässig, freizügig, voller Selbstverleugnung.

Zornesausbrüche gaben ihr Rückzugsgelegenheiten, wenn er zudringlich wurde und ihr zu nahe kam, aber sie schloss sich selten ein. Sie schwamm Bahnen
im Pool. Schnell, konzentriert, wie eine Maschine. Bis sie Mühe hatte, aus dem
Wasser zu steigen. Schwer atmend lag sie am Beckenrand, ehe sie sich wieder
aufraffen konnte.

Dann arbeitete sie weiter, Krätz mit jenem tiefen Schweigen strafend, mit dem
er zu domestizieren war, aber anscheinend keinen Gedanken daran verschwen-
dend, dass sie zum Schwimmen die Kleidung abgelegt hatte.

Ein Ritual entstand. Er kam an den Pool, schaute erst nur, dann glitt er ins
Wasser. Fing sie ein, streichelte, küsste sie.

Gestammelte Entschuldigungen, Zärtlichkeiten.

„Mein schwarzer Engel.“

Im Wasser, wo sie schwer zu greifen und noch schwerer zu halten war, ließ sie
Berührung zu. Setzte mehrdeutige, fließende Grenzen.

Sie war schnell und beweglich.

Er hätte rohe Gewalt dagegenzusetzen gehabt. Aber Layla verschonte er.

Wenn sie nachher in den Liegestühlen am Beckenrand lagen, über den Pool
hinweg in den Garten schauten, eine Zigarette teilten wie nach Sex, phantasierte
Krätz über eine gemeinsame Zukunft: „Engel, Schöne, ich zeige dir die Welt.
Ich werde dich mit ihr versöhnen. Du wirst leben, genießen lernen, vergessen,
was sie mit dir gemacht haben. Dich fühlen können, ohne dich zu schneiden.
Wir fangen neu an. Du und ich. Und gemeinsam. Verstehst du?“

Sie verstand.

Er war verrückt nach ihr. Bereits darüber hinaus, die Selbstkontrolle zu verlieren.

Sie wusste, sie beherrschte jeden wachen Gedanken, jeden Traum von Krätz,
ihn.

Sie inszenierte Layla 2 intensiver, um seine Irritation zu verstärken.

Schloss mitten in der Nacht ihr Handy an seine Anlage an, spielte „Life in a
Glasshouse“ und „The Tourist“ von Radiohead so laut, dass die Wände vibrier-
ten, tanzte wie in Trance, bis Krätz und Fedor schlaftrunken und fassungslos in
der Tür zum Wohnzimmer standen.

Schnitt sich vor seinen Augen die Unterarme auf.

Brach anlasslos in Tränen aus.

Starrte minutenlang vor sich hin.

Wehrte jeden Trost, jede Zusprache ab.

Und provozierte mehr davon.

Nach jenem Vorfall im Arbeitszimmer hielt sich Fedor zurück. Aber er verfolgte sie mit glühenden Augen. Baute Fallen, um Layla zu kontrollieren.

Schmitt konzentrierte sich auf Krätz' Immobilien.

Checkliste: Nicht allzu weit weg, schnell erreichbar, aber auf eine Weise abgelegen, schwer zugänglich, abschließbar, nicht einzusehen, heizbar, schalldicht.

Also kam jede Art gut zu sichernde leerstehende oder von engen Vertrauten genutzte Gewerbeimmobilie in Frage: Büro, Loft, Werkstatt, Kneipe, Restaurant, Hotel.

Stapel: „legal".

Krätz besaß zahlreiche Gewerbeimmobilien in Berlin und Brandenburg. Einzelne Lokale, ganze Gebäude. Vermietet und leer. Neu, alt, halbe Ruinen. Mehr oder weniger wahllos zusammengekauft mit gewaschenem Geld, wie er zugab. Sein konservativer Zug: „Altersvorsorge", sagte er, als sie ihn darauf ansprach. „Schließlich gibt es immer weniger Zinsen auf Sparbücher, und an Aktien glaube ich nicht."

Sie eliminierte die Ruinen. Die an fremde Unternehmen vermieteten Gebäude. Alle, die weiter als eine halbe Autostunde entfernt waren.

Arbeitete, bis das Haus still lag.

Sie ging ins Basement, schaltete die Sauna ein, sprang in den Pool, hob sich auf der anderen Seite aus dem Becken, nahm ein Handtuch, tupfte sich ab und warf es auf einen der Liegestühle, zog ihr Hemd über und öffnete die Fenstertür. Sie ging hinaus in den Garten, einige Male hin und her, dann dicht an der Hauswand entlang, wo der Schnee geschmolzen war, zur Haustür. Nahm den Weg zur Straße. Trabte Richtung Nord bis zur nächsten Querstraße, schaute sich um, ging zurück, am Grundstück vorbei, bog wieder ab. Klopfte an einen Transporter und verschränkte die Arme vor der Brust.

Klopfte noch einmal. Sagte dicht an der Tür: „Macht auf, Kollegen. Ich weiß, dass ihr da drin seid."

Die Tür schob sich zur Seite.

Schenkel riss die Augen auf, sagte: „Wow. Bist du wieder auf der Flucht, oder drehst du vollends durch?"

„Ich bin Schlafwandlerin, wusstest du das nicht?"

Er trat beiseite. „Komm rein. Was willst du?"

„Gib mir deine Jacke, nimm deinen Autoschlüssel. Wir fahren ein Stück. Los, wir müssen zurück sein, so lange mein Haar noch feucht ist."

Sie schlüpfte in die Jacke. „Ich bin Krätz' Immobilien durchgegangen. Vielleicht finden wir sein Warenlager. Oder Janet Ho. Oder beides."

Er stoppte in der Bewegung. „Weißt du nicht, dass …"

„Doch. Wir sollen uns nicht darum kümmern, ich weiß." Sie streckte die Hand aus. „Gib mir den Schlüssel, ich fahre allein."

„Du gefährdest die Mission."

„Ich scheiße auf die Mission. Sie haben der Frau schon eine Hand abgeschnitten. Was soll noch geschehen, bis wir eingreifen? Gib mir den Schlüssel."

„Okay, ich komm mit." Er nickte seinem Kollegen zu, stieg aus dem Bus und zog die Tür zu.

Schenkel startete den BMW, schaltete die Heizung an. Schmitt kauerte sich auf den Beifahrersitz.

„Wie hast du uns gefunden?", fragte er.

„Fünf Transporter in der passenden Größe stehen im Umkreis von 100 Metern am Straßenrand. Einer ist eisfrei, Frontscheibe von innen beschlagen."

„Scheiße, bist du gut", sagte er lachend.

„Vor meiner Tür würdet ihr jedenfalls nicht wochenlang unbemerkt herumstehen. Fahr Richtung Köpenick. Weißt du, wo die alte Wäscherei ist?"

„Klar." Er bog links ab. „Und was soll dein Aufzug?"

„Ablenkung. Ihr hört uns doch ab – ich gebe da drin das mental fragile, neurotische Trauma-Opfer. Wenn die merken, dass ich weg bin, und ich komme im Nachthemd und mit nassem Haar durch den Garten zurück, stellen sich völlig andere Fragen, als wenn ich in Jeans, T-Shirt und Lederjacke durch die Winternacht spaziert bin und an der Vordertür klingele." Sie zog die Jacke fester zusammen. „Wahrscheinlich brauche ich die Story aber gar nicht. Ich hab einige von meinen Schlaftabletten im Samowar aufgelöst. Sie trinken Tee nach dem Abendessen. Fedor hat noch Wodka draufgekippt."

„Du musst wegen Fedor aufpassen. Alle paar Stunden hat er eine neue Idee, wen er noch wegen Layla anrufen kann."

„Ich weiß."

„Wenn er dich erwischt, können wir nicht viel für dich tun."

„Auch das weiß ich. Schließlich geht die Politik ja vor."

„Das meine ich nicht. Wir sind gar nicht eingerichtet darauf, schnell einzugreifen …"

„Ich weiß doch, Mann. Aber Fedor dürfte schlafen wie ein Baby. Krätz nimmt Drogen, daher habe ich das Zeug hoch dosiert." Sie hob den Arm für einen Fingerzeig. „Fahr da vorn links, dann sind wir auch bald da."

Ein Industriebau aus dem 19. Jahrhundert, einen Steinwurf weit von der ehemaligen Wäscherei. Altersdunkler Backstein, hohe Fenster. „Laut Unterlagen wird die Bude geheizt, jedenfalls zahlt Krätz dafür", erklärte Schmitt.

„Was hoffst du zu finden?"

„Spuren von Aktivität. Ein Versteck."

„Stochern im Nebel."

„Fällt dir was Besseres ein?"

Sie stiegen aus, Schenkel griff nach der Taschenlampe in der Halterung an der Mittelkonsole.

Das Gebäude stand frei zwischen Brachen, es gab eine Einfahrt und eine breite Eingangstür mit Pförtnerloge, beide mit rostigen Eisengittern gesichert, die mit Ketten und Bügelschlössern verschlossen waren. Schmitt drehte die Schlösser vorsichtig im Licht der Lampe. Rostspuren an den Bügeln, wo sie Kettenglieder oder Gitter berührten.

„Vielleicht hintenrum?" Schmitt ging um die Gebäudekante aufs Nebengrundstück.

Seiten und Rückseite des Baus bestanden aus geschlossenen Brandmauern, als wäre die Bebauung rundherum einmal dicht gewesen.

Schmitt war als erste wieder am Auto.

Schenkel ließ den Wagen an. „Wohin?"

„Du fährst hier einfach weiter. Dritte rechts, direkt am Fluss."

Ein Hinterhaus ohne Vorderhaus auf einem zubetonierten Grundstück. Es ragte hoch und schmal in den Nachthimmel.

„Das ist es", sagte Schmitt. „Siehst du das?"

„Du meinst den Trampelpfad?"

Spuren im Schnee vom Gehweg zum Eingang, der unter einem Vordach im tiefen Schatten lag.

Die Beulen der abgestoßenen grauen Stahltür erzeugten im Licht der Stablampe Reflexe. „PGH Schleusentechnik Betriebswache" und ein Pfeil nach links war vor langer Zeit in Dunkelgrün mit Schablone aufgepinselt worden.

Etwas passte nicht.

„Das Schloss ist 400 Euro wert. Top-Sicherheitsschloss", sagte er.

„Jedenfalls nagelneu." Schmitt trat zur Seite und leuchtete an der Fassade hoch. Die Fenster waren mit Brettern vernagelt. Altersgraues, gewelltes Holz. „Woher weißt du, was so was kostet?"

Er seufzte. „Wir bauen gerade. Wer nicht völlig durchdreht, lernt tausend Sachen, die er nie wissen wollte." Er drückte die Klinke. „Und jetzt?"

Sie leuchtete die Tür an. „Top-Sicherheitsschloss, aber DDR-Beschläge. Scharniere außen. Du hast nicht zufällig einen Vorschlaghammer dabei?"

„Das ist Einbruch."

„Wenn du keinen Hammer dabei hast, lass uns morgen wiederkommen."

„Du bist irre."

„Wir werden keinen Durchsuchungsbeschluss kriegen, und der Staatsanwalt sagt, hier ist nichts, oder?" Sie schaltete die Lampe ab. „Ich glaube, morgen werde ich einen Schrei im Haus hören. Gefahr im Verzug. Aber wir brauchen den Hammer. Und ein Brecheisen wäre gut." Sie reichte ihm die Lampe. „Fahren wir?"

***

Berlin-Karlshorst

Krätz schreckte hoch aus einem Fall-Traum. Er nickte wieder ein und schreckte, fallend, erneut hoch. Sein Schädel dröhnte.

Der alte Parkplatz des BMW war noch frei. Schenkel parkte rückwärts ein.
„Okay", sagte Schmitt. „Bis morgen, mit Hammer, Stemmeisen und Klamotten für mich. Langer Pullover oder so, nichts mit einscheidendem Gummi, Sneakers Größe 41 oder 42. Ich komme etwa zur selben Zeit wie heute." Sie stieg aus, öffnete die Jacke.
Er sagte: „Warte. Ich bringe dich das Stück noch."

Seine Nacht war vorbei. Krätz setzte sich seufzend an die Bettkante. Zog den Morgenrock über. Ging den Gang entlang zur Toilette.
Dann zu Laylas Zimmer.
Brauchte gefühlt fünf Minuten, die Tür lautlos zu öffnen.
Leer, das Bett unberührt.

Sie blieben an der Ecke stehen. Rund 70 Meter noch zu Krätz' Haus, ohne Deckung.
Schenkel sagte: „Du begibst dich in Lebensgefahr, um Krätz zu überführen, und du erhöhst das Risiko weiter, um die Frau zu retten."
Sie schaute zum Haus. „Fuck, das Licht im Treppenhaus." Riss sich die Jacke runter. „Ich muss los."

Im Erdgeschoss, das Arbeitszimmer: Leer im Licht der Wandlampen. Laylas Stapel auf dem Teppich.
Legal, illegal. Waffenhandel.
Krätz schaltete lächelnd das Licht aus. Kurzer Blick in die Küche.
Er stieg hinab ins Basement.

Schmitt sprintete zum Gartentor. Stützte eine Hand darauf, sprang drüber, rutschte, knickte um, schlug hin. Humpelte weiter, Luft durch die Zähne ziehend.

Krätz roch die Sauna schon auf der Treppe. Sie duftete nach heißem Holz und alten Aufgüssen. Er schaute hinein. Leer. Er schaltete den Ofen aus.

Er bog zum Poolraum ab. Der Raum war dunkel und kalt. Die Fenstertür zum Garten stand einen Spalt weit offen. Er schaltete das Licht im Pool an, schaute sich um, plötzlich alarmiert. Ging langsam zur Fensterwand. Schob die Tür zu, schloss sie ab. Drehte sich zum Raum.

Layla lag embryonal zusammengerollt am Fußende auf dem zum Fenster gerichteten Liegestuhl, ein verdrehtes Handtuch eng ums Bein gewunden und so darin verkrallt, als hätte sie damit gekämpft.

Krätz berührte ihre Schulter. Eiskalt. Sie regte sich mit einem Knurren, atmete tief ein, aber erwachte nicht.

Er zog noch zwei Handtücher vom Stapel, entfaltete sie. Betrachtete Laylas vom grünlichen Zwielicht und tiefen Schatten modellierten Körper.

Diese Zerbrechlichkeit.

Er deckte die Handtücher über sie, schlich zum Flur, knipste das Licht aus.

Schmitt lauschte seinen Schritten nach. Dann atmete sie endlich durch, um das Sauerstoffdefizit aus ihrem Sprint auszugleichen, Flimmern vor den Augen. Sie entspannte sich, senkte die Lehne des Liegestuhls. Zog die Handtücher hoch, presste sie mit den Armen an ihren Körper, schloss die Augen. Das angeschlagene Knie war heiß und pochte.

***

6

Schmitt und Schenkel standen mit Werkzeug vor der grauen Eisentür.

„Lass mich das machen", sagte Schmitt, streifte sich die Steppjacke ab.

„Ich hab wahrscheinlich mehr Kraft", wandte Schenkel ein.

Sie rollte die Schultern. „Ich trainiere jede Woche vier Mal meinen Kampfsport. Kontrollierte, gezielte Bewegung."

„Wie du willst." Schenkel trat zwei Schritte zurück, betrachtete fasziniert und amüsiert Schmitt in dem eng anliegenden Wollkleid seiner Frau, das er ihr mitgebracht hatte. Sie packte den Zehn-Kilo-Hammer nahe am Ende des Stiels mit beiden Händen. Hob ihn an, versetzte ihn in Schwingung, spannte die Arme im Rückschwung an, um Höhe zu gewinnen, ließ den Hammerkopf eine Schleife beschreiben. Der Hammer surrte durch die Luft, landete auf dem Schlosszylinder, trieb das Schloss durch die Tür.

Das Krachen zerriss die Nacht.

Schmitt ließ den Hammer fallen, packte das Stemmeisen, setzte an und drückte.

Die Tür sprang mit einem gequälten Geräusch auf.

Schmitt tastete nach dem Lichtschalter.

Schenkel zückte seine Waffe.

Im schwachen Schein einer Glühbirne erkannten sie die vernagelte Loge der Betriebswache.

Schmitt setzte sich in Bewegung, das Stemmeisen erhoben. Den Gang runter, nach rechts. Sie öffnete eine breite Tür.

Kalte, abgestandene Luft.

Stille.

Drei Reihen Neonröhren in halber Höhe unter der Decke flackerten mit leisem Klingeln und tauchten den Raum in kaltes Licht.

„Matratzen", sagte Schmitt.

Sie waren schmutzig, abgenutzt, fleckig. Viele Matratzen. Sie lagen an den Wänden, kreuz und quer, teils übereinander.

Schenkel verstaute seine Waffe, steckte die Hände in die Jackentaschen, kickte einen einzelnen Schuh gegen die nächste gusseiserne Säule. Schmitt hakte das Stemmeisen in ein Stück Stoff am Boden und hob es auf. „Ein T-Shirt. Gefälschtes Prada. So was tragen 16-Jährige in Asien."

„So was tragen 16-Jährige überall, wo es billige Klamotten im Internet gibt", brummte Schenkel.

Schmitt bückte sich nach dem Schuh. Ballerina, Größe 38. Ließ ihn fallen. Schaute sich um. „Fuck."

„Lass uns gehen." Er setzte sich in Bewegung.

„Vielleicht sollten wir die Spurensicherung rufen. Es gibt bestimmt DNS-Spuren hier …"

Schenkel stoppte. „Ich bin zwar auch sicher, dass das kein Lager für Gebrauchtmatratzen ist, aber …"

Eine Tonlage höher sagte Schmitt: „Es gibt noch einige andere Adressen. Wir könnten …"

„Was wir hier tun, nennt man Einbruch, Kollegin. Das ist keine Ermittlung, sondern Malen nach Zahlen."

Sie ließ die Schultern sinken. Lachte. „Malen nach Zahlen? Das ist gut." Sie kickte den Schuh beiseite. „Bring mich nach Hause."

„Schöneberg?"

„Karlshorst."

Er schaltete das Licht aus. „Du gibst nicht auf, was?"

„Nie."

***

„Denk an die Papiere. Ich will alles von Kochs Tochter. Eintrag ins Personenregister, Geburtsurkunde, Adoptionsunterlagen, was immer es gibt. Alles. Am besten gestern." Schmitt stand im Hemd vor Schenkel, reichte ihm die geborgten Sachen.

„Also ich habe auf Kochs Handy-Bildern, die du mir geschickt hast, nicht gesehen, was du siehst."

„Du bist Mitteleuropäer. Für dich sehen wir alle gleich aus. Türken, Spanier, Perser, Afghanen, alles eins, ‚mediterraner Typ'. Aber ich wette, dass Frau Koch Südamerikanerin ist, worauf auch ihr Vorname deutet. Die Tochter ist asiatisch, auch wenn sie Maria heißt. Die haben dieselbe Haut- und Augenfarbe, aber sie sind nicht verwandt. Jede Wette."

Er seufzte. „Okay."

„Und nicht an die große Glocke hängen. Nur die Dokumente ermitteln und mir die Kopien schicken."

„Okay", sagte er wieder. „Ist so gut wie erledigt."

Dann spurtete sie los, stieg über Gartenzäune, drückte sich durch Hecken, gelangte auf das Nachbargrundstück hinter dem Schuppen des Krätzschen Grundstücks. Krätz' Haus stand hier auf Grenze, hatte keine Fenster an der Giebelwand.

Es war etwas früher als in der Nacht zuvor.

Im Haus war es dunkel. Ganz dunkel. Auch das Licht am Pool war ausgeschaltet worden.

Schmitt kletterte über den Zaun auf den mit kahlem Gestrüpp bestandenen Streifen zwischen Schuppen und Haus, nicht einsehbar von den Fenstern her. Kroch auf allen Vieren direkt am Haus entlang im toten Winkel die Böschung hinab, legte sich flach auf den Kies an der Hauswand, streckte den Arm aus, ertastete den Türrahmen.

Verschlossen.

Sie hörte Schritte im Schnee knirschen.

Sie sprang auf. Etwas traf sie am Kopf. Sie verlor den Boden unter den Füßen. Jemand zerrte sie zurück zum Schuppen. Sie lag im Schnee, starrte auf ein Metallgitter, unfähig, sich zu regen. Der Angreifer stand seitlich, wuchtete das Gitter weg. Es gab ein Loch frei, gähnend schwarz.

„Nein", murmelte Schmitt, als er ihren Arm packte, zog, bis ihr Oberkörper an der Kante Übergewicht bekam. Sie stürzte in den Schacht, auf die Eisenleiter. Die knickte ab, bog sich zusammen, bremste den Fall.

***

E-Mail von Tom Schenkel an Sibel Schmitt, beide LKA

Hi, Kollegin,
guter Riecher: Das Mädchen ist lt. Melderegister in Bolivien geboren und die
leibl. uneheliche Tochter der Kochs. Aber die Frau ist nach angebl. Geburtster-
min nicht mit Kind eingereist. Für das Kind ist nie ein Visum beantragt worden,
auch kein Eintrag im Visum der Mutter. Oder es hatte ein Visum unter anderem
Namen/Geburtsdatum. Beide sind inzw. eingebürgert u. aktuell ordnungsgem.
gemeldet.
Und was heißt das nun?
Erkälte dich nicht
TS

***

Berlin-Karlshorst

„Sie kann ja klingeln, wenn sie kommt", sagte Fedor ruhig.

„Wer weiß, wo sie ist, und welche Probleme sie hat. Du hättest mich rufen müssen, als du gemerkt hast, dass sie draußen ist", schrie Krätz. „Wie konntest du sie nur in dieser Kälte aussperren?"

„Ich habe sie nicht ausgesperrt. Ich hab nur die Tür zugemacht. Es war eiskalt im Poolzimmer. Ich konnte nicht ahnen, dass sie nicht in ihrem Zimmer ist."

„Sie wird erfrieren, ist dir das klar?"

Fedor rammte die Hände in die Taschen seines Morgenrocks. „Wenn sie erfriert, dann weil sie ohne Kleider rausgegangen ist. Nicht, weil ich die Scheißtür zugemacht hab." Kunstpause. „*Wenn* sie ohne Kleider rausgegangen ist."

„Es fehlt nur das eine Hemd."

Fedor hob die Schultern. „Ist ja nicht das einzige Kleidungsstück auf der Welt, oder?"

„Wann, sagst du, hast du die Tür verschlossen?"

„Gegen Drei. Wie schon mehrmals gesagt."

„Dreieinhalb Stunden. Das überlebt kein Mensch."

Fedor atmete tief ein, ging zur Offensive über. „Ich würde mir ganz andere Sorgen machen, ehrlich gesagt. Die hatte tiefen Einblick in deine Geschäfte. Wahrscheinlich kommt sie noch vor dem Abend mit einer Hundertschaft und nimmt hier alles auseinander."

„Was für ein Blödsinn", rief Krätz mit überschlagender Stimme. „Aber du hast ihr ja immer misstraut. Hast du in den Hohlräumen neben dem Pool nach ihr gesucht, zwischen den Rohren? Im Maschinenraum?" Krätz eilte hinaus, das Gesicht verzerrt von irrer Hoffnung.

„Der Maschinenraum ist nicht abgeschlossen", murmelte Fedor. „Jebat!" Ließ sich aufs Sofa fallen. „Fuck."

Sie wusste, dass sie am Ende war. Ihre gestörte Selbstwahrnehmung blendete die Kälte aus, und hier unten war es windstill und wärmer als oben im Schnee. Sie stand in knöcheltiefem Grundwasser, das nicht gefroren war. Aber ihre Stimme hatte versagt in der kalten Luft. Sie konnte den Backstein mit den steifen Fingern nicht mehr halten, um damit die Wand zu bearbeiten.

Vielleicht würde sie damit noch einen Stein aus der Wand lösen können. Das gäbe ihrem Fuß Halt in der senkrechten Mauer.

Aber würde sie dann in der Lage sein, zu klettern?

Sie betrachtete ihre Finger im Morgenlicht.

Bleich, verkrümmt, kraftlos.

Wahrscheinlich würde sie nicht klettern können.

Und würde die Leiter sie halten?

Dünnes Bandeisen, rostzerfressen, verdreht. Eine weitere Stufe war abgerissen, als sie sich hochzuhangeln versuchte.

Das nasse Hemd umschloss sie wie ein Eispanzer. Sie zitterte ohne Halten. Pellte sich den Stoff von der Haut.

Besser.

Sie betrachtete den Rest der Leiter, der oben im Schacht noch an der Wand hing. Aus ihrer Untersicht ein bizarres schwarzes Filigran vor dem helleren Himmel.

Drei Stufen waren übrig, gehalten von den beiden Wandstreben, die nicht ganz abgerissen waren.

Unwahrscheinlich, dass die Leiter halten würde.

Dann sah sie es. Die tiefere Dunkelheit hatte es zuvor verborgen. Eine Strebe der Leiter ragte noch aus der Wand. Etwas über Griffhöhe. Sie streckte sich. Sie sprang. Die Finger beider Hände unklammerten das Eisen. Sie spannte die Arme, suchte mit ihren kältetauben Zehen Halt an den Steinen. Zog sich hoch. Löste eine Hand von dem Eisen, langte nach oben. Spürte zugleich, wie die Strebe aus ihrer Fuge hebelte, herauskippte. Sie stürzte ins Wasser. Die Reste der Leiter bohrten und schnitten sich in ihre Haut. Sie brauchte einen Moment, sich zu sammeln, Kälte und Schmerz wieder auszublenden. Rappelte sich auf die Knie hoch. Tastete nach dem Stein.

„You might fail", murmelte sie, als sie ihn gegen die Wand hieb und wieder verlor. Sie geriet aus dem Gleichgewicht, als sie sich bückte. Saß im Wasser, tastete nach dem Stein. „But at least you die trying", keuchte sie tonlos.

Jetzt war es unverkennbar. Ein Klopfen. Und noch eins. Nicht aus dem Haus seltsamerweise. Sondern von draußen. Aber nicht von oben. Sondern seitlich von unten. Als wäre jemand in der Erde und würde auf sich aufmerksam machen wollen.

„Scheiße", sagte Krätz und zuckte hoch, so dass sein Kopf gegen das Rohr schlug.

Die alte Sickergrube.

Er kroch im Rohrtunnel rückwärts.

Die rauhen Wände bremsten ihn.

Er klemmte fest.

Sie bearbeitete mit den Kältekrallen ihre krampfenden Schenkel, aber sie kam nicht mehr hoch. Dann streckten sich ihre Beine irgendwie doch. Sie hob den Stein aus dem Wasser. Sein Gewicht zog sie an die Wand. Sie stieß mit dem Kopf dagegen, rutschte daran ab, kippte seitlich ins Wasser.

Sie musste hochkommen.

Wasser leitet Wärme besser als Luft. Es kühlt mich noch schneller noch tiefer aus.

Sie bewegte sich, aber es war nur ein Zucken.

Konzentrier dich auf dein Körpergefühl.

Da waren kein Schmerz, keine Kälte mehr.

Wieso habe ich diese Wärme zuvor nicht gespürt?

„Es ist Euphorie, das Hochgefühl vor dem Tod", erklärte ihr Vater in seinem Ichzeigdirdiewelt-Ton.

„Danke, Baba", flüsterte Schmitt.

Klaustrophobische Panik im Schacht mit den Rohren. Krätz erreichte zitternd den Maschinenraum.

Er rannte durch den dämmrigen Poolraum, riss die Tür zum Garten auf, ging bei dem Schacht auf die Knie. In der nahezu undurchdringlichen Dunkelheit am Grund der stillgelegten Sickergrube erkannte er eine menschliche Gestalt.

„Layla", rief er. „Layla, ich bin da."

Sie sagte sehr leise: „Baba, endlich."

Sie hatte sich die Schlinge nicht selbst um den Leib knoten können, in der sie Krätz und Fedor aus dem Schacht hievten. Krätz musste den Knoten binden und die Leine als Schlinge hinunterlassen. Sie brauchte Minuten, sie sich umzulegen und festzuzurren.

Unter Fedors glühenden Blicken trug Krätz sie mehr ins Haus, als dass er sie führte, brachte sie die Treppe hinauf, in ihr Bett, deckte sie zu. Legte sich dazu.

„Wie bist du da reingekommen", murmelte er. „Bist du gefallen?"

Er drängte sich an sie. Rieb ihre Haut warm.

Seine Hände überall.

Sie hatte nicht die Kraft, die gierigen Hände abzuwehren. „Nein", flüsterte sie. „Nein."

Er schob die Hand zwischen ihre Schenkel.

„Nein.“

Er hörte nicht. Schob sich auf sie. „Was hältst du von einer Hochzeit in London? Dann kann deine Schwester dabei sein.“

Ein geübter Reflex: Den Kopf zur Seite und in den Nacken drehen. Sein suchender Mund fand nur ihren Hals.

Sie sammelte die in ihrem halb erfrorenen Leib verfügbare Kraft an einem Punkt, brachte sie zum Ausbruch. Kaum mehr als ein schlappes Aufbäumen, ein müdes Zappeln kam zustande.

Sie dachte an Janet Ho. Dachte: Das ist deine Strafe, Prinzessin. Hörte diesen Gedanken in der Stimme ihres Onkels.

Dann ließ sie los. Gab das Band frei, das ihren Geist im Körper hielt. Glitt zurück in die Zeit vor dem ersten Mal, an einen Ort, an dem ihr Vater wartet. Ein Strand in der Morgensonne, sie kauert sich an den lächelnden Mann, in seine Arme.

„Baba, bitte, erzähl mir eine Geschichte aus meinem Kinderleben.“

Krätz ging. Schmitt stürzte in sich zurück. Die Kältestarre war vergangen. Ekel nahm ihr den Atem. Sie lag, den Kopf noch verdreht, die Beine geöffnet, die Arme an der Seite, Augen geschlossen, spürte den unbändigen Drang, sich die Unterarme, die Schenkel zu ritzen, um etwas zu spüren. Oder um anderes zu spüren als seinen Schmutz, der auf ihrer Haut abkühlte und trocknete. Voller Hass wünschte sie sich, in dem Loch unentdeckt geblieben zu sein, hinübergeglitten in den Kältetod, ins Nichts.

Sie wischte sich mit dem Laken zwischen den Beinen, setzte sich auf, ging zum Bad. Betrachtete im harten Licht über dem Spiegel am Waschbecken die geröteten Erfrierungen an ihren Fingern und Zehen. Sie pochten, schmerzten bei jeder Bewegung, wenn sie sich darauf konzentrierte. Sie befingerte die Beule an ihrem Hinterkopf: nicht der Rede wert. Schaute sich in die Augen. Aus dem Shell-Shock-Blick des missbrauchten Mädchens wurde steinkaltes Starren. Sie duschte heiß und lang, bearbeitete besonders die Innenseiten ihrer Schenkel und ihren Unterleib mit Seife und Bürste. Blut sickerte durch die Haut. Sie sah es mit seltsamer Genugtuung in den Abfluss schlieren.

Die Türklinke senkte sich.

Ihr war nicht bewusst, dass sie abgeschlossen hatte.

„Ja?“

Keine Antwort.

Sie konzentrierte sich.

Check: Sie hatte ihren Körper wieder unter ihrer Gewalt.

Sie atmete mehrmals tief, spannte sich.

Drehte schnell den Schlüssel, stieß die Tür auf, die ins Zimmer öffnete.

Fedor.

„Was machst du hier?", fragte sie, noch immer fast tonlos.

Er sagte: „Mich täuschst du nicht."

Er packte ihren Arm. Sie ließ es geschehen. Flucht, Ausweichen waren keine Option. Er hätte sie sowieso ergriffen. So hatte sie wenigstens sicheren Stand.

Er drängte sie zurück. Die Tür schloss sich, stoppte die Bewegung. Er drückte ein Messer an ihren Hals. „Wer bist du? Wo warst du letzte Nacht?"

„Ich bin die künftige Ehefrau deines Herrn, du Arschloch. Ich schreie. Du bist tot."

„Er musste weg. Es ist jetzt Du oder Ich. Warum hast du ihm nichts gesagt?"

„Du tust mir weh." Sie versuchte sich zu drehen. „Was gesagt?"

Er drückte das Messer fester. „Du hast ihm nicht gesagt, dass ich dich in das Loch geworfen habe. Warum?"

„Ich habe keinen Bock, zwischen euch zu geraten. Willst du etwa was von mir? Mich erpressen, oder was? Sonst hättest *du* was gesagt. Aber du hast auch nichts gesagt."

„Wo hast du dich rumgetrieben?"

„Ich bin Schlafwandlerin."

„Unsinn." Er trat näher, schob sein Bein zwischen ihre Knie. Sie spürte seinen Atem an ihrer Wange, als er zischte: „Du verdammte Hure spionierst uns aus. Für wen? Rede, oder …"

„Oder was?" Sie hob ihre Arme, um ihn von sich zu drücken. Schob ihm ihre Hände auf die Brust. „Du tust mir weh. Lass mich in Ruhe mit deinem Misstrauen."

„Ich bin nicht blöd", sagte er.

Nicht blöd, vielleicht, antwortete sie in Gedanken. Aber du bist sicher kein Nahkämpfer, sonst hättest du mir die Arme nicht gelassen. Nicht Layla oder Sibel, jetzt Schmitt, ohne Frau, hebelte sie seinen Messerarm nach außen. Versetzte ihm einen Kopfstoß auf den Nasenrücken. Er jaulte, krümmte sich. Sie duckte sich in die Krümmung seines Körpers, streckte ihre Beine, hob ihn mit einer Schulterdrehung von den Füßen, packte sein Bein, rammte ihn kopfüber auf den Boden. Er streckte die Arme aus, um den Aufprall zu lindern. Verlor das

Messer. Nicht genug Platz zum Abrollen: Fedor klemmte in einem absurden Winkel zwischen Bett und Schrank. Scharrte nach dem Messer.

Sie setzte sich auf seine Brust. Holte aus, spannte die Finger an und schlug ihm die Knöchel auf die Nase. Etwas in seinem rechten Auge riss, das Weiße färbte sich rot. Er erschlaffte mit einem Ausdruck größter Verwunderung. Sie kniete sich auf seine Oberarme, packte das Messer, setzte einen Würgegriff an. Als seine Körperspannung zurückkehrte, belastete sie den Arm auf seinem Hals, hielt das Messer vor sein anderes Auge. „Wo ist die Frau?"

„Wer bist du?" Er zuckte, versuchte sie abzuschütteln. Hob die Beine, ruderte mit den Füßen hinter ihrem Kopf herum. Warf sich nach rechts, nach links. Sie verlagerte ihr Gewicht im Gegentakt mal auf seinen rechten, seinen linken Arm. Schwer atmend, die Zähne zusammenbeißend, gab er auf. Eine Blutblase schäumte an seinem Nasenloch auf und platzte. „Verdammt, wer bist du?"

Mit Kopfstoß, Würgegriff und Schulterwurf hatte sie ihre Tarnung aufgegeben. „Landeskriminalamt. Du bist vorläufig festgenommen. Wo ist Janet Ho?"

Sie packte seinen rasierten Kopf an den Seiten, hieb ihn auf den Boden. Zwei, drei Mal. Er verdrehte die Augen. Sie wuchtete ihn auf den Bauch, band seine Arme mit einem der von Krätz gekauften Spitzen-BHs nach hinten, zog ihm seinen Gürtel ab und formte daraus eine Schlaufe unter seinen Armen und um ein Bein des Betts.

Er kam zu sich. Kickte nach ihr, Verwünschungen ausstoßend, fluchend. Sie versetzte ihm einen weiteren Hieb auf die Nasenwurzel. Er war still.

„Hey Kollegen, ich brauche dringend eure Hilfe mit einem schweren Paket. Hupt zweimal, wenn ihr mich hört", rief sie ins Haus und lauschte. Stellte sich vor, wie draußen in dem Kleinbus erst einmal Verwirrung herrschte, kurz Kriegsrat gehalten wurde, ehe einer der Männer sich aufraffte, den Zündschlüssel drehte … Fern erklang eine Hupe zweimal kurz. Schmitt stieg in ihre Jeans, streifte ein T-Shirt über.

***

7

„Berliner Abendblatt"

... befreite ein Einsatzkommando die 38jährige Koreanerin aus einem Keller in Friedrichshain, in dem sie elf Tage lang festgehalten worden war. Janet H. waren von ihren Entführern beide Knie zerschossen und eine Hand abgeschlagen worden, um ihren Ehemann in einer Auseinandersetzung unter Gangstern gefügig zu machen, wie Polizeikreise mitteilten ...

Berliner „Tagesanzeiger" online

... wurde der Untersuchungshäftling Fedor S. (28) auf dem Hof der JVA Moabit niedergestochen. Er starb wenige Minuten später auf dem Weg ins Krankenhaus. Wie die Staatsanwaltschaft mitteilte, wurde gegen den aus Russland stammenden S. unter anderem wegen Mordes, Freiheitsberaubung, schwerer Körperverletzung, Menschenhandels und Zwangsprostitution ermittelt. Die Polizei beschreibt den Mann als ‚kooperativ nach anfänglichem Zögern'. TA-Informationen, dass die Überwachungskameras zur Tatzeit abgeschaltet waren, wollte die Behörde nicht bestätigen oder dementieren.

***

LKA, Berlin-Tempelhof

Reuben Maier, der Chef des Berliner Staatsschutzes, erkannte gleich, dass Krätz der Anrufer war, der sagte: „Hallo. Hier ist der Mann, dem Sie eine Nachricht geschickt haben."

Maier antwortete: „Sehr gut. Danke für Ihren Rückruf. Und? Bereit zu einem Deal?"

„Warum wollen Sie die Frau ausliefern?"

„Weil es auf die Frau nicht ankommt. Haben Sie Informationen über Abu Nars Verbindungsleute in Deutschland?"

„Welche meinen Sie?"

„Stellen Sie sich nicht blöd. Die Schläfer. Die Typen, die für ihn mit Kalaschnikows in eine Fußgängerzone gehen und so lang herumschießen würden, bis sie selbst erledigt werden. Mit den von Ihnen besorgten Kalaschnikows."

„Das ist Blödsinn. Deren Kalaschnikows kommen gebraucht vom Balkan. Dafür braucht er mich nicht."

„Ich habe Beweise."

„Fein. Dann verwenden Sie sie gegen mich." Krätz lachte. „Was machen Sie mit den Männern? Sie wissen, wenn Abu Nar auf die Idee käme, dass ich ihn verrate, wäre ich tot."

„Beobachten."

„Und Sie glauben, ich würde ein doppeltes Spiel spielen? Woher sollte ich wissen, wo die Männer sind?"

„Von Ihnen erwarte ich das doppelte Spiel sogar."

Krätz lachte wieder. „Okay. Ich beschaffe die Informationen. Zug um Zug."

„Erst die Informationen."

„Erst die Frau."

Pause. Lange Stille.

„Okay. Sie heißt Schmitt, Sibel Schmitt."

„Schmitt? Eine Deutsche?" Krätz klang überrascht.

„Ihre Eltern kamen aus der Türkei."

„Sie ist viel zu jung für einen Undercover-Cop."

„Sie sieht jung aus, aber sie ist 30 oder 31, so weit ich weiß."

„Woher hat sie die Narben?"

„Ehrenmordversuch eines Verwandten, als sie 17 war."

Krätz stöhnte. „Wie kann es sein, dass ich diese Informationen über meine üblichen Kontakte nicht bekommen habe, bevor sie meine Geschäftsunterlagen ausspionierte?“

„Es war ein Alleingang, kein offizieller Einsatz.“

„Verstehe. Wo wohnt sie?“

„Ich schicke Ihnen die Details, so bald Sie mir die Liste geschickt haben.“

***

8

Berlin-Prenzlauer Berg

Schmitt stellte ihren A 3 in die zweite Reihe, schaltete die Warnblinker an. Sie nahm die Papiere vom Beifahrersitz, stieg aus.

Sie klingelte bei Koch, erster Stock rechts, drückte die Tür auf, als der Summer ertönte, ging durch die Stuckpracht des Entrées zur Treppe, eilte hinauf, zwei Stufen jeder federnde Schritt.

Oben öffnete ein Mädchen die Tür, zierlich, dunkel. Das asiatische Kind von dem Foto.

„Schmitt. Ich bin mit deinem Vater verabredet.“

Koch tauchte hinter seiner Tochter im Flur auf. Zuckte bei Schmitts hartem Händedruck zusammen. „Kommen Sie in mein Arbeitszimmer … Tee?“

„Danke.“

Ein quadratischer Raum unter dezentem Stuck, zwei hohe Fenster, Regale an den Wänden, ein schwerer Schreibtisch. Koch deutete auf die beiden Sessel in der Ecke. „Nehmen Sie Platz. Wirklich keinen Tee?“ Er schloss die Tür. Schmitt setzte sich, schob die Papiere auf den Tisch zwischen den Sesseln. „Das ist es, worüber ich am Telefon nicht reden wollte. Es rechtfertigt aber die Störung am freien Tag, glaube ich.“

Er nahm die Klarsichthülle, blätterte kurz durch, legte sie wieder auf den Tisch. Fast in die Mitte, als ob er sich davon distanzieren wollte.

„Es sind Ihre“, sagte Schmitt.

„Wie geht es der Frau?“

„Janet. Janet Ho. So heißt sie. Den Umständen entsprechend. Etwas verhungert. Ansonsten okay, so weit man das sagen kann. Die zerschossenen Knie sind operiert, aber sie wird gehbehindert bleiben. Die Hand ist nicht zu retten.“

Er schüttelte den Kopf. „Und dieser Fedor Stefaniew ist tot. Ganz schön bescheidenes Ergebnis. Ich hoffe, das kuriert Sie von Alleingängen.“

Sie schlenzte die Kritik mit einer Handbewegung beiseite. „Es liegt jetzt mehr als genug Material gegen Krätz vor. Sie könnten da reinspazieren und reinen Tisch machen.“

Koch seufzte. „Richten Sie Tuan Ho aus, dass es mir leidtut, falls Sie ihn sehen. Ich habe ihn etwas schroff abgewiesen. Aber jedes Wort wäre eins zuviel gewesen. Ich hoffe, er versteht das."

Schmitt nickte.

Er machte eine Bewegung nach den Papieren. „Wie sind Sie drauf gekommen?"

„Ein Familienfoto", sagte sie. „Ihre Frau, Sie und Ihre Tochter sind nicht verwandt."

„Gutes Auge."

„Ihr Pech. Wäre ich nicht selbst Eurasierin, hätte ich es wie alle anderen nicht gesehen. Der Blick dafür ist Teil unserer Kultur. Der Rest war leicht für jemand mit Zugriff auf Krätz' Festplatten."

„Wie sind Sie an das Foto gekommen?"

„Ich hielt Sie für korrupt. Ich habe tiefer gegraben und stieß auf die Fotos. Nachdem ich Ihre umfangreichen Geldbewegungen dem Sommerhaus am Fjord zugeordnet hatte, war das alles, was blieb."

„Nicht schlecht."

Schmitt hob einen Mundwinkel. „Sie sollten gelegentlich Ihr Handy neu aufsetzen."

„Hat Ho meine Dateien ausgeforscht?"

„Ist das noch wichtig?"

„Nein. Sicher nicht." Er seufzte wieder. „Und jetzt?"

„Nichts. Ich habe selbst eine Tochter."

„Aber Sie sind die leibliche Mutter."

„Macht das einen Unterschied?"

„Für mich sicher nicht."

„Davon gehe ich aus." Schmitt deutete auf die Klarsichthülle. „Das ist der einzige Ausdruck. Der Ordner ist gelöscht. Krätz hat in der Regel keine Sicherheitskopien. Was Sie damit machen, ist mir egal. Wie Sie damit leben, auch. Von meiner Seite haben Sie nichts zu befürchten. Ich halte illegale Adoptionen für eine Form des Menschenhandels, aber ich verstehe, dass Sie ein Kind wollten …"

„Meine Frau und ich, müssen Sie wissen …"

„Nein. Ich will es nicht wissen."

„Ich war noch nicht Staatsanwalt, als wir …"

„Ich sagte, ich will's nicht wissen. Krätz hat in diesen Papieren einen Mord und Ihre Mitwisserschaft dokumentiert. Das Mädchen ist demnach seiner toten Mutter aus dem Leib geschnitten worden, um dann sehr gekonnt über falsche

Papiere zum unehelichen Kind Ihrer damaligen Verlobten zu werden. Sie sind Staatsanwalt. Ich muss Ihnen nicht sagen, was das heißt."

„Ich wusste nichts von einem Mord damals. Erst als Krätz mich damit erpresste …"

„Sie wussten nicht, dass die Mutter eine fünfzehnjährige Zwangsprostituierte war, die man zu Tode gefoltert hatte. Ansonsten wussten Sie genug. Dass Sie sich mit Gangstern einließen, dass es massive Urkundenfälschung war, ein Verstoß gegen das Adoptionsrecht …"

„Sie wissen, so eine Adoption dauert Jah…"

Schmitt schnitt mit der Handkante durch die Luft. „Adoption auf dunklen Wegen ist inakzeptabel, Urkundenfälschung ist ebenfalls illegal, und Sie wissen es. Gesetz ist Gesetz. Sie haben sich strafbar gemacht."

Er senkte den Kopf, winkte ab. „Ich bestreite es ja nicht."

„Sie fragten, was nun sei. Ich frage zurück: Was gedenken Sie zu tun?"

„Ich kündige bei der Staatsanwaltschaft. Ich kann wieder als Strafverteidiger arbeiten." Er knetete seine Hände. „Von einer Selbstanzeige würde ich absehen wollen. Was meinen Sie?"

„Gehen wir den Fall doch durch", sagte Schmitt und zählte an den Fingern auf: „Der Typ, von dem Sie das Kind haben, ist tot. Er war höchstwahrscheinlich nicht der Mörder. Wobei der Mord, juristisch gesehen, reine Behauptung bleibt. Es ist nicht mal ein Verdacht. Allenfalls ein Gerücht. Vom Opfer wissen wir nichts, es gibt keine Leiche. Der Nachname der Kindsmutter ist unbekannt. Diese Dokumente sind zum großen Teil nicht nachprüfbar. Und als Krätz Sie damit erpresste, haben Sie sich zwar niemandem anvertraut, aber seinen politischen Freunden zum Trotz umgehend alles daran gesetzt, ihn über andere Machenschaften hochgehen zu lassen." Sie kam beim kleinen Finger an. „Selbst als Tuan Ihnen sagte, er solle Ihre Tochter entführen, blieben Sie auf Kurs." Sie ließ die Hände sinken. „Ich sehe es inzwischen mit anderen Augen, dass Sie es zuvor so besonders genau mit den Ermittlungen gegen Krätz nahmen – Sie mussten jederzeit damit rechnen, dass Krätz diese Unterlagen gegen Sie verwendet. Hochpolitisch ist alles, was mit ihm zu tun hat, sowieso." Sie schaute ihn scharf an, legte den Kopf schräg. „Wenn ich nur den geringsten Zweifel an Ihnen hätte oder es irgendeine Chance gäbe, den Mord an der leiblichen Mutter Ihrer Tochter auf diese Weise aufzuklären, würde ich Sie kalt lächelnd ans Messer liefern. Aber so … Es hätte niemand etwas von einem Verfahren gegen Sie. Es gäbe einen Riesenwirbel, der Sie vernichten würde, alle Ihre Fälle müssten wegen Korruptionsverdachts revidiert werden, und Ihre Familie würde zerbrechen. Wozu? Wegen ein paar gefälschter Adoptionsurkunden?"

Er sah aus, als müsse er weinen. Er wischte sich die Augen. „Danke."

„Danken Sie mir nicht. Es ist im Prinzip falsch, und wir wissen es beide. Passen Sie auf Ihr Kind und Ihre Frau auf. Krätz ist noch da draußen.“

„Ich habe keine Angst. Noch bin ich Staatsanwalt.“

„Das interessiert ihn nicht. Wer übernimmt den Fall, wenn Sie sich zurückgezogen haben?“

„Ich weiß noch nicht. Niemand reißt sich darum. Wir müssen auch sehen, ob es überhaupt noch einen Fall gibt. Wir haben seit Fedors Tod keinen Zeugen mehr, und alles, was wir hatten, war seine Aussage.“

„Und die von Janet Ho.“

„Die redet nicht.“

„Der Keller, in dem sie gefangen war: Das Gebäude gehört einer von Krätz‘ Firmen.“

„Krätz sagt, er war jahrelang nicht dort und weiß nicht …“

„Was ist mit meinen Unterlagen?“

Er seufzte. „Ihre Dokumentation ist brillant. Aber es gibt massive Interventionen zu Krätz‘ Gunsten.“

Schmitt zückte ihr Smartphone. „Ich habe hier das Gespräch gespeichert, in dem mein LKA-Kollege Maier für Informationen über Kunden der Waffengeschäfte Laylas wahre Identität an Krätz preisgibt. Wollen Sie hören, wie er mich verkauft?“

Mit fahlem Gesicht sagte Koch: „Was meinen Sie, was das bringen sollte?“

Sie schob das Telefon wieder in die Tasche. „Ja. Was sollte das bringen.“

„Immerhin ist Maier nicht zum eigenen Vorteil korrupt.“ Er wirkte todmüde.

„Ein wenig Verrat von Dienstgeheimnissen, ein kleiner Deal auf meine Kosten.“ Schmitt erhob sich. „Aber nicht zum eigenen Vorteil, immerhin.“ Sie klang und sah aus, als hätte sie auf etwas Faules gebissen. „Ich finde hinaus.“

Sie schloss die Wohnungstür leise hinter sich, eilte die Treppe hinunter.

Ihr Handy klingelte. Das Display zeigte: „Albaner.“

„Ja?“

Er brüllte: „Er hat meine Tochter.“

„Was? Wer …?“

„Krätz, er hat meine Tochter.“

„Bist du sicher? Was ist passiert? In Ruhe, bitte.“

„In Ruhe? Sie ist 13!“ schrie er.

„Ich helfe dir. Aber du musst cool bleiben und so mit mir reden, dass ich mit deinen Informationen etwas anfangen kann. Also noch mal: *Was. Ist. Passiert?*“

Er stöhnte stimmhaft. „Ihre Mannschaft ist heute Morgen zu einem Turnier in Kreuzberg angetreten. Ihre Mutter hat sie hingebracht und ist während der Spiele shoppen gewesen. Vor Anpfiff des vorletzten Viertels ist ein Mann in Polizeiuniform erschienen, zum Trainer gegangen, und hat gesagt, Annas Mutter sei nach einem Unfall im Krankenhaus, er solle Anna hinbringen.“

Schmitt stöhnte: „Der Klassiker.“

„Als meine Ex dann da erschien, war Anna weg.“

„Wie lang ist das her?“

„Zwanzig Minuten, maximal.“

„Die Entführung, oder dass deine Ex auftauchte?“

„Die Entführung noch mal zwanzig Minuten mehr.“

„Hat er sich gemeldet?“

„Bisher nicht.“

Sie setzte sich in ihren Wagen. „Hast du die Polizei gerufen?“

„Meine Ex und der Trainer.“

„Warum bist du sicher, dass es Krätz ist?“

„Das fragst gerade du, *Layla*? Du kennst meine übrigen Geschäfte. Sag du mir, wer es sonst sein sollte. Du weißt, was mit Fedor geschehen ist. Und mit Tuans Frau. Ich bin ein Verräter.“

„Weiß deine Frau von Krätz? Sagt sie es der Polizei?“

„Nein. Sie weiß nichts, und ich will nicht mit irgendwelchen Bullen über Krätz reden. Die wissen nichts über ihn. Ich habe keinen Bock, dass die da jetzt eine Razzia machen, und ich stehe als einer da, der gleich die Bullen ruft. Ich habe deinen Einsatz unterstützt, um Krätz als den Supergangster loszuwerden, der mir immer im Nacken sitzt. Das ist okay. Es ist nicht okay, als Ratte auf seiner Abschussliste zu stehen.“

Schmitt verzichtete auf die Frage, ob dies nun ein Indiz für seine Kaltschnäuzigkeit war oder Beweis ihrer Vertrauenswürdigkeit.

Die Antwort wäre ohnehin irrelevant. Der Gedanke an die Dreizehnjährige in Krätz‘ Krallen bereitete ihr Übelkeit. Sie schloss die Augen. Lehnte sich an ihren Wagen.

„Schmitt?“ rief der Albaner. „Bist du noch da?“

„Ich denke nach. Ich glaube, es gibt einen Weg, dich da rauszuhalten. Eine Art Abkürzung. Versprechen kann ich aber nichts.“

Sie hörte ihm an, dass er Hoffnung gefasst hatte. „Ja, danke, ich meine, bitte …“

„Wenn es Krätz war, hast du dein Kind in zwei Stunden wieder. Schick mir ein Bild von der Kleinen.“ Schmitt brach das Gespräch ab, setzte das Blaulicht aufs Autodach, fuhr los.

Sie aktivierte das Handy erneut über die Freisprecheinrichtung.

„Ja, Schenkel“, meldete sich ihr Staatsschutz-Kollege.

„Schmitt hier. Sag: Hat jemand ein Mädchen zu Krätz ins Haus gebracht?“

„Nein. Er ist allein.“

„Wurde sonst irgendwas geliefert? Ein Bündel, ein großer Karton, ein Sack …“

„Nein.“

„Ich bin auf dem Weg. Wenn jemand mit einem Mädchen oder einer Lieferung kommt, ruf mich an. Oder besser: Ruf zuerst das SEK an. Wenn Krätz wegfahren sollte, observiert ihn.“

„Klingt nach einer neuen Entführung.“

„Die Tochter des Albaners.“

„Dafür bist du nicht zuständig, und ich auch nicht. Mein Chef bringt mich um, wenn ich nach der Nummer mit Fedor noch mal unsere Ermittlungen gefährde.“

„Wir sind da, wir sind schnell. Auf dem Dienstweg vergehen Stunden. Außerdem sind wir dafür verantwortlich.“

„Nein, du, allein du mit deinem Alleingang.“

„Okay. Hör zu: Wenn Krätz dem Mädchen etwas antut, weil dein Schwanz zu klein ist, diesen Maier zu ficken, lieber Kollege, dann hast du *mich* am Hals“, fauchte Schmitt. „Such dir aus, was angenehmer wäre.“ Sie hielt inne, zügelte sich. „Kannst du dafür sorgen, dass wir auch das Haus mit dem Scheiß-Matratzenlager und die Bude, in der Janet Ho festgehalten wurde, im Auge behalten? Für den Fall, dass Krätz das Mädchen nicht zu sich nach Hause bringen lässt.“

„Wann?“

„Sofort. Das Kind ist vor einer knappen Stunde in Kreuzberg entführt worden. Ein Typ in Polizeiuniform.“

„Schmitt, wo soll ich die Ressour…“

„Ja oder nein?“

Er stöhnte. „Mann, du nervst.“

„Vielleicht kidnappt der Kinderficker morgen *deine* Tochter. Oder meine. Vielleicht fickt er sie schon.“

„Schmitt, ich …“

„Keine Zeit für Debatten. Was ist? Bist du dabei oder nicht?“

„Es ist gut! Still jetzt!“ Schenkel schreit fast. „Okay. Ich bin dabei.“

„Ich bin in einer knappen halben Stunde bei euch. Wenn was ist, ruf an.“ Sie legte auf, schaltete die Sirene ein, biss die Zähne zusammen und beschleunigte, um auf der Busspur bei Rot eine Kreuzung zu queren.

***

Berlin-Karlshorst

Schmitt rauchte Kette, bis die Männer im Kleinbus sich beschwerten. Sie saß mit verschränkten Armen und starrte auf die Bildschirme. Auf denen senkte sich der Abend über Krätz' Villa.

Schenkel blieb, trotz Schichtwechsel. Die beiden Neuen grüßten Schmitt knapp, sie grüßte knapp zurück. Sie waren informiert, fragten nicht.

Die elektrische Garagentür öffnete sich. Krätz' S-Klasse rollte rückwärts auf die Straße. Er steuerte selbst.

Schmitt sprang auf. „Okay. Ich fahre hinterher. Ruft das SEK an. Die müssen in Bereitschaft stehen."

„Ich komme mit", sagte Schenkel.

„Meinetwegen." Sie schob die Tür auf, joggte den Gehweg entlang, die letzten Schneeflecken vermeidend. Ihr kleiner Audi parkte etwa 200 Meter von Krätz' Haus entfernt. Sie fuhr los, hielt kurz für Schenkel, beschleunigte viel zu stark für die enge Straße zu dem Punkt, wo die Rücklichter des Mercedes links abgebogen waren, Richtung Tresckowallee. Die Vorderräder drehten nach dem Abbiegen durch. Schmitt raste zur Tresckowallee, kam mitten auf der Fahrbahn zum Stehen. Sie schauten sich um.

Ein Taxi hupte.

„Da, rechts", sagte Schenkel. „Er fährt nach Norden."

Schmitt gab Gas. Überholte einige Autos. Reihte den Audi zwei Pkw hinter der schwarzen Limousine auf der linken Fahrbahn ein.

Krätz schaffte die Querung der B1 zur Rhinstraße kurz vor Rot.

Schmitt beschleunigte, schwenkte auf die Linksabbiegerspur, an den haltenden Autos vorbei, haarscharf am Ende der Spur hinter einem wartenden Linksabbieger wieder nach rechts, schoss vor dem startenden, hupenden Querverkehr über die Kreuzung.

„Fuck", stöhnte Schenkel und krallte sich an den Türgriff.

Der Mercedes war mehr als 100 Meter voraus. „Er hat's hoffentlich nicht bemerkt", murmelte Schmitt.

An der Seddiner Straße schaltete die Ampel auf Rot. Alle Spuren waren belegt. Schmitt schwenkte nach links, Schenkel schrie: „Vorsicht", aber da knallte der Audi schon über den Bordstein auf die Straßenbahngleise, rumpelte über die Schwellen, überholte die Linksabbieger. Schmitt beschleunigte von den Gleisen auf die Kreuzung, bremste scharf für einen hupenden Lkw, jagte zwischen zwei Kleinwagen hindurch auf die Geradeaus-Spur.

Der Mercedes hatte mehr Distanz gewonnen.

Langgestreckte Büroblöcke auf beiden Straßenseiten. Vom Tüv-Gelände schob sich eine Container-Lafette auf die Fahrbahn. Schmitt blendete auf, hupte. Der Wagen rangierte dennoch weiter in die Mitte, setzte ein Stück zurück, senkte seine Gabel über einen Schuttbehälter auf dem Gehweg. Schmitt schwenkte wieder nach links, bremste. Der Audi rutschte einige Meter auf stehenden Rädern und knallte gegen den Bordstein an den Gleisen. Eine Straßenbahn überholte klingelnd, rollte aus, stand. Schmitt legte den Rückwärtsgang ein. Ein Bus hupte.

„Fuck", sagte sie.

Schenkel atmete aus. „Du fährst wie ...“

„Ja, ist blöd ohne Blaulicht", sagte sie und hupte.

Der Fahrer des Containertransporters zeigte ihr den Mittelfinger.

Die Bahn ruckelte an.

Schmitt schob den Wagen über den Bordstein, zwei Räder im Gleisbett, zwei auf der Straße, fast auf Tuchfühlung hinter der Bahn an dem Lkw vorbei. Der Bordstein kratzte und polterte am Bodenblech.

„Scheiße", sagte Schenkel.

Schmitt: „Er ist nach rechts da vorn. Welche Straße ist das?“

„Allee der Kosmonauten.“

Vollgas. Slalom zwischen Autos und Kleinbussen in Normalgeschwindigkeit. An der Kreuzung zeigte die Ampel Gelb, Rot. Keine Chance. Schmitt bremste, nahm quer über die Fahrbahn Schwung, kreuzte hupend den Fußgängerüberweg an der Straßenbahnhaltestelle. Drei junge Männer sprangen zur Seite, brüllten und gestikulierten. Schenkel schrie. Schmitt beschleunigte in den Gegenverkehr. Hupen, Slalom. Sie lenkte ein, zog die Handbremse. Das Heck brach aus. Handbremse gelöst. Vollgas. Die Vorderräder drehten polternd durch. Ampelstart des Querverkehrs. Schenkel schrie wieder. Hupen. Das ESP gab den Vorderrädern Grip. Zweiter Gang, Vollgas. Mit schreiendem Motor hechtete der Audi vor allen anderen Autos Richtung Osten.

„Siehst du ihn?“

„Scheiße", keuchte Schenkel.

„Wo isser? Mann, ich seh ihn nicht!“

Er schluckte Magensäure. „Ich auch nicht. Vielleicht parkt er.“

„Er war vielleicht 300 Meter vor uns. Er ist abgebogen. Scheiße, er ist abgebogen. Wie heißen die Straßen hier in der Gegend? Sag mir Namen.“

„Äh … Beilsteiner, Meeraner, äh, ich … ich … Scheiße, warum?“

„Ich weiß, wo Krätz' Häuser sind, aber ich bin kein verfickter Stadtplan auf Beinen. Hast du keine Google-Maps auf dem Smartphone?“

„Ehe wir was erkennen auf dem kleinen Bildschi… Was machst du jetzt?“

Schmitt bremste, der Wagen schleuderte nach rechts zur Ecke Kosmonauten-Beilsteiner, krachte an den Bordstein. Sie ließ den Motor laufen, zückte ihr Smartphone, rief das Satellitenbild ihres Standorts auf den Bildschirm, wischte darüber.

„Marzahner Chausee, Radebeuler, Coswiger … Scheiße“, murmelte sie. Schob die Finger hin und her.

Schenkel musterte Schmitts Modelprofil. Hohe Stirn, lange Wimpern, gerade, kleine Nase, zierliches Kinn. Sie biss sich die vollen Lippen. Die Konzentration gab ihr etwas Entrücktes.

„Winninger Weg“, sagte sie laut. „Das ist etwa einen Kilometer von hier an der Bahnlinie. Marzahner Chaussee nach Süden, dann links. Eine Halle, 1380 Quadratmeter. Ruf das SEK an.“

Der Audi rollte vor die einzige Halle auf dem Gelände, durch deren Glaselemente-Front Licht schimmerte. Im Schatten daneben stand der Mercedes. Schmitt drehte, parkte am Straßenrand hinter einem Focus.

„Ich muss etwas übersehen haben“, murmelte sie. „Nach den Unterlagen gibt es keine Heizung.“

„Ein Gasradiator?“, sagte Schenkel. „Das wäre jetzt meine Idee. So ein Heizding auf ner Gasflasche.“

„Wann kommt das SEK?“

„Zehn Minuten? Viertelstunde? Maximal.“

„Er hat schon zehn Minuten Vorsprung.“

Schenkel herrschte sie an: „Nein, wir gehen nicht rein.“

Flashback: Schmitt sah Krätz' Gesicht über sich, seine behaarten, altersfleckigen Schultern. Spürte sein Gewicht.

Sie drückte zwei Finger gegen ihre Narbe. „Weißt du, was in dieser Zeit alles passieren kann?“

„Ich hab schon das SEK gerufen. Es wird eine Katastrophe geben, wenn die da reinstürmen, und er ist da drin allein oder spielt mit einem Kumpel Halma. Die wochenlange Observation meiner Leute wäre zum Teufel, und das Mädchen ist noch immer entführt. Aber die sind wenigstens trainiert dafür. Wenn es jetzt deine Hau-Ruck-Aktion wird, dann …"

„Gefahr im Verzug. Da drin findet mit hoher Wahrscheinlichkeit eine Verge…"

„Das wissen wir nicht."

Schmitt zog die Füße aus ihren hochhackigen Halbstiefeln, klemmte sich ihr Bluetooth-Headset ans Ohr. „Eben drum." Sie öffnete ihre Tür. „Ich gehe rein."

Schenkel hielt sie am Ärmel. Schmitt schaute ihn an. Lächelte. „Echt jetzt?"

Er ließ ab.

Sie zeigte auf das Headset. „Ruf mich an." Und stieg aus.

Sie trabte zum Hallentor. Ihr Handy summte. Sie tippte das Headset an, um das Gespräch anzunehmen.

„Bleib draußen", sagte Schenkel.

„Höre dich gut. Bleib dran."

Sie zückte ihre Pistole. Versuchte die Tür. Ein Drehknauf, Riegel und Klinke in einem. Sie öffnete sie erst einen Spalt, lauschte, dann, damit sie nicht quietschte, mit Schwung weit. Schaute um die Ecke. Schwenkte mit erhobener Waffe voran in den Eingang.

Zwei Reihen verstaubte Gebrauchtwagen unter trübem Neonlicht. Schmitt tänzelte zu einem Mondeo, duckte sich an dessen Flanke. Flüsterte: „Halleneingang ungesichert. Autos in Reihen. Rechts Pkw, links Kleinbusse, ein Wohnmobil. An der Stirnwand ein Büro. Haus im Haus, Panoramafenster."

„Wenn da eine Überwachungskamera ist …"

„Pschsch." Sie arbeitete sich Wagen für Wagen Richtung Büro vor.

Sie hörte eine Wasserspülung. „Jemand kommt."

Eine Tür, Schritte. An der Seite des Büro-Kubus erschien ein dunkelblonder Mann in Polizeiuniform, der gerade seine Hose schloss, etwa Fedors Statur und Alter. Er zündete eine Zigarette an, schlenderte zu dem Kleinbus, der nicht verstaubt war. Blieb stehen.

Blickte zur offenen Hallentür.

Er lauschte. Blickte sich um. Ging zur Tür.

Schmitt folgte im Schutz der Autos.

Er trat hinaus. Starrte einen Moment lang in die Dunkelheit.

Lautlos auf ihren bloßen Füßen lief Schmitt zur Tür, presste sich daneben an die Wand.

Er kam wieder herein, zog die Tür zu, drehte den Riegel, Zigarette in der anderen Hand.

Er schaute auf.

„Buh", machte Schmitt leise. Seine Augen weiteten sich. Der Lauf ihrer Waffe traf ihn auf die Nase. Verwirrung, Überraschung, Schmerz. Er hob die Hände zum Gesicht. Sie rammte ihm das Knie in die Hoden. Seine Hände stoppten. Wie in Zeitlupe sah sie, wie er den Mund öffnete, um für den Schmerzensschrei Luft zu holen. Sie schlug ihm noch einmal auf die Nase. Er vergaß den Schrei. Die Zigarette landete auf dem Teerboden. Seine Knie gaben nach.

Schmitt zerrte ihn außer Sicht des Büros hinter den Mondeo, zog die Waffe aus seinem Halfter – zu leicht, ein gut kopiertes Spielzeug aus Plastik –, ließ sie fallen. Legte ihm Handschellen auf dem Rücken an.

Sagte leise: „Ein Typ ausgeschaltet und festgenommen. Ist der Entführer, hat sich als Bulle ausgegeben und trägt noch die Uniform. Übler Nasenbruch. Ruf schon mal den Notarzt. Er liegt rechts am ersten Auto."

Sie lief im Sichtschutz der Autos gebeugt zum Büro-Kubus. An die fensterlose Seitenwand. Arbeitete sich langsam ans Bürofenster vor.

Sah eine Kamera auf einem Stativ. Das Rotlicht blinkte.

Sie beugte sich vor.

Ein Bettgestell im leeren Raum, darauf zwei nackte Gestalten. Müll und Kleidung auf dem Fußboden.

Flashback. Der rammelnde Krätz.

Hitzewelle. Dröhnen in den Ohren.

Schmitt atmete ein, setzte sich in Bewegung. „Er fickt sie vor einer Kamera. Ich gehe rein."

Sie riss die Tür auf. „Polizei! Stehen Sie auf und nehmen Sie die Hände hoch. Gregor Krätz, Sie sind festgenommen. Runter von dem Mädchen. Sofort." Sie zerrte an seinem Arm. „Runter von ihr, du Kinderficker. Du hast keine Chance, das SEK ist gleich da."

Er hatte seinen Viagra-Kokain-Ständer. Er zog sich zurück. Es kam Schmitt wie eine Ewigkeit vor.

Plötzlich hielt er seine Snubnose, den kurzen, sechsschüssigen US-Revolver. Schmitt drehte sich aus dem Schussfeld. Er traf ihren rechten Arm. Sie verlor ihre Waffe, rollte ab. Spürte, dass sie stark blutete. Das Blut floss durch den Ärmel ab, über die Hand.

Sie griff ihre Waffe im Rollen mit Links. Die Wand stoppte sie in einer unsicheren, verrenkten Position.

Krätz stand. Zielte auf ihr Gesicht.

Schmitt, kraftlos, zielte zu tief. In ihrem Schussfeld krümmt sich das Mädchen vor Krätz auf dem Bett, die dünnen Arme überm Kopf.

Er zog die Lippen von den Zähnen. Grinsen eines Ungeheuers.

Sie sah, wie sich sein Finger am Abzug spannte.

Sie hob die Hand und schoss aus der Bewegung.

Ein sauberes Loch mitten in seiner Brust. Er sabberte Blutschaum, kippte auf das Mädchen. Die Snubnose schlug auf den Fliesenboden. Das Mädchen kreischte. Schmitt hatte noch nie solche Töne gehört.

Sie kämpfte sich hoch. Zerrte an Krätz, bis er zuckend von Luftnot von dem Mädchen rutschte.

Das Mädchen kreischte und kreischte mit aufgerissenen blauen Augen.

Das Kreischen folgte Schmitt in die Bewusstlosigkeit.

***

Unfallkrankenhaus Berlin, Marzahn

Schmitt schreckte hoch. Panisch. Fühlte sich gefangen.

Das Kreischen ging über in ein Sirren, wurde zum Pfeifen, zum rhythmischen Piepen.

Die Panik verebbte.

Sie lag in einem Bett, Infusion am linken Arm, der rechte Arm fixiert, bandagiert, Sensoren an Kabeln an die Brust geklebt. Das Piepen war der Herzmonitor.

Sheri schlief auf dem Stuhl sitzend, die Arme auf dem Laken, den Kopf auf den Armen.

„Hey", versuchte Schmitt zu rufen.

Ihre Hand fiel kraftlos auf Sheris Schulter.

Sheri zuckte auf. Das Faltenmuster ihres Ärmels hatte sich in ihre Wange gedrückt. „Mam. Du bist wach. Wie schön."

Ihre Stimme war sanft, heiter. Ein Willkommen. Sie küsste Schmitts trockene Lippen. Schmiegte sich an ihre Wange.

Schmitt flüsterte: „Engelchen, Aşkım."

„Hast du die Bösen gekriegt?"

Schmitt sah Krätz von dem Mädchen rutschen. Blutfäden und Schaum schlierten von seinen Lippen auf weiße Haut. Sein starrer Blick, bis ihr Bild verschwamm, abbrach.

Sheris Stimme war ganz klein. „Du hast so lang geschlafen."

Schmitt: „Jetzt bin ich ja da."

***

Ihr nächster großer Fall konfrontiert Schmitt mit mächtigen Gegnern, die nicht einmal vor Massenmord mitten in Berlin zurückschrecken. Sie muss über alle Grenzen gehen.

In „Schmitts Hölle – Verrat" – überall, wo es Bücher gibt.

Außerdem erschienen:

„Schmitts Hölle – Countdown." ISBN: 978-3-8482-1681-9

aus

SCHMITTS HÖLLE – Verrat.

Schmitt: „Die Frau ist in dem Moment isoliert, in dem wir sie diesen Leuten überlassen müssen, hilflos ohne ihren Mann. Wer immer das war, will mit allen Mitteln verhindern, dass die Geschichte rauskommt. Ich bin ihre einzige Chance."

„Was willst du tun?", fragt Bernatzki

„Wenn ich das wüsste. Ich muss erstmal mit ihr reden."

„Lass uns einfach in die Dienststelle …"

„Wir sind da nicht sicher. Wer immer ihn umgebracht hat, kam nicht einfach zufällig vorbei."

Sie hält in der zweiten Reihe vor dem Supermarkt, so dass sie zum Eingang ein Stück zurückgehen muss. Die Hand leicht auf Bernatzkis Arm legend, sagt sie: „Es tut mir leid, was ich eben gesagt habe. Ich bin sehr direkt manchmal."

Er atmet tief ein. „Du kommst der Wahrheit ziemlich nahe. Ich …"

„Okay", fällt sie ihm ins Wort und greift seinen Arm stärker. „Wir reden ein andermal drüber. Lass auf keinen Fall einen von denen reinschauen. Steigen sie aus, verwickle sie in ein Gespräch, bevor sie am Auto sind. Ich zähle auf dich."

Sie wartet sein Nicken nicht ab, steigt aus, winkt mit einer komischen Grimasse den Personenschützern zu und geht in den Supermarkt. Bei den Kassen findet sie den Nonfood-Bereich mit seinem Sammelsurium an Sonderangeboten: Sie rafft ein Küchenmesser, eine Plastiktischdecke, ein Damen-T-Shirt Größe S und ein Herrenhemd zusammen, zahlt in bar, packt alles bis auf das Messer in eine Tüte. Im Ausgang reißt sie das Messer aus seiner Verpackung. Sie wartet einen Moment, bis eine Kundin den Laden verlässt, hält sich links von ihr beim Hinausgehen auf den Gehweg und taucht in den Blickschatten der parkenden Autos ab. Sie kriecht zwischen einem Polo und einem Omega ans hintere rechte Rad des Audi, dessen Motor läuft. Sie sticht die Messerspitze in die Reifenflanke, lässt die Luft mit möglichst wenig Geräusch entweichen. Der Niederquerschnittreifen leert sich rasch. Sie zieht das Messer heraus, lässt es in die Tüte fallen, erhebt sich zwischen den Autos und geht um den Wagen der Personenschützer herum, lächelnd zu ihnen hinüber nickend, wie für ihre Geduld dankend, zu ihrem weißen BMW. Sie packt die Tüte in den Kofferraum, setzt sich ins Auto, wirft Bernatzki die flache Packung mit der geblümten Tischdecke hin und schaltet den Funk ab. „Leg ihm das über, er sieht nicht gut aus." Sie fährt los.

Bernatzki zerrt an der Plastikhülle der Tischdecke.

Die Personenschützer fahren ebenfalls los, fallen ab und bleiben stehen.

„Ups! Wir haben unsere Freunde in Schwarz abgehängt", sagt Schmitt. „Ich glaube, die haben eine Reifenpanne."

Bernatzki dreht sich um und schaut nach dem Audi. „Du bist unglaublich."

„Nun zu uns", sagt sie und biegt rechts ab. „Ich fahre jetzt Richtung Steglitz. Ich werde da in eins der Parkhäuser an der Schlossstraße fahren. Ich hole Bargeld am Automaten, rufe jemanden an, der uns abholt, und dann trennen sich unsere Wege. Du fährst den Toten zur Dienststelle und erzählst Schumann die ganze Geschichte. Keinem anderen, nur Schumann, klar? Er wird wissen, was zu tun ist."

Bernatzki hat es geschafft, die Tischdecke zu entfalten. Der Geruch von Plastik überlagert den süßlichen von Blut auf Ledersitzen. „Und du und die Frau?"

„Mal schauen."

Er muss sich abschnallen, um die Tischdecke über den Toten drapieren zu können. Für Bernatzki sieht es sehr nach einer Leiche unter einem Tischtuch aus. Andererseits würde niemand, der von draußen hineinschaut, an so etwas denken.

Carla Muthberg regt sich. Sie schaut sich um, sieht das Blut, ihr beschmiertes Kleid, die Gestalt unter der Decke auf dem Sitz neben ihr.

Sie kombiniert.

Als sie losschreit, wirken ihre Augen nicht mehr müde. …

***

Jetzt ist Schmitt sich sicher, dass sie etwas gehört hat. Manchmal hört sie Geräusche, wenn ihre Kopfschmerzen sich bei Dunkelheit oder geschlossenen Augen in Licht-Auren und Farbschlieren entladen: eine optische Halluzination, die akustische erzeugt.

Das Geräusch, das sie nun zum dritten Mal hört, passt nicht zu den Bildern: Es ist eine Schwingung, die sich durch die Armierungen des Betonbodens zu übertragen scheint, so fein, dass Schmitt die Schwingung nicht spürt, aber als dumpfen Bass sehr leise hört. Jemand von einigem Gewicht schleicht durch das Gebäude oder wenigstens sehr dicht daran entlang, ist Schmitt sich sicher. Sie schließt ihre Augen und presst die Finger auf die Lider, um die visuellen Kopfschmerzen zu unterdrücken. Die Bilder lassen nach, aber sie bleiben heller als das Dunkel der Halle, in das durch die hohen trüben Fenster nur das Licht entfernter Straßenlaternen dringt.

Schmitt ist blind.

Sie tastet nach Carla, presst ihr die Hand auf den Mund und kneift gleichzeitig die Nase zu. Carla fährt mit einem erstickten Geräusch aus dem Schlaf. „Psssst. Ich lasse jetzt los, okay?" sagt Schmitt sehr leise an ihrem Ohr. Carla nickt. Schmitt lockert ihren Griff. „Ich glaube, jemand ist hier", flüstert Schmitt. „Du musst dich verstecken. Nimm die Notebooktasche mit und komm unter keinen Umständen raus, egal, was passiert, oder was mir passiert. Auf keinen Fall! Denk immer dran, dass sie hinter dir her sind, nicht hinter mir. Kapiert?"

Carla nickt unter Schmitts Hand.

Die Schrittgeräusche sind erstorben.

„Schnell!"

Das Klingeln einer Schnalle der Tasche, das Rascheln der Decke, die Carla beiseite schiebt, ihres T-Shirts, als sie sich bewegt: Schmitt kommt es laut vor.

Die Vibrationen, die von Carlas Gehen auf bloßen Füßen ausgehen, hören sich anders an als jene, die sie eben gehört hatte. Zugleich leichter und konkreter.

Sie erkennt: Wer immer naht, ist noch draußen. Er hat das Schleichen geübt. Und er ist schwerer als Carla.

Schmitt presst erneut die Finger gegen ihre geschlossenen Augen und verflucht ihre Kopfschmerzen. Sie schaut an sich herunter und bewegt ihren Arm vor ihrem Körper. Ein Streifen Dunkelheit bewegt sich vor einem Lichtfleck, der ohne diese Bewegung im Feuerwerk des Kopfschmerzes untergegangen wäre. Der helle Fleck ist ihr T-Shirt.

Sie braucht Licht. Oder muss mindestens eins werden mit der Dunkelheit.

Der nächste Lichtschalter ist auf die Schnelle unerreichbar.

Sie zerrt sich das Shirt vom Körper, streift den ebenfalls weißen Slip ab. Ertastet ihr Schulterhalfter neben ihrer Decke und legt es an, zieht ihre Waffe, lädt durch – das Geräusch erscheint ihr ohrenbetäubend –, entsichert sie und steckt sie wieder in das Halfter.

Da: unverkennbar das Geräusch von etwas Großem aus Metall, das sehr langsam bewegt wird.

Kein Zweifel, die größere Schiebetür der Halle, die zur Einfahrt.

Die Decken des Nachtlagers rafft Schmitt zusammen auf einen Haufen. Geht gebückt in die Gasse zwischen die Exportkisten, Richtung Mitte der Halle, genau dem Geräusch an der anderen Wand entgegen. Dahin, wo sich sehr leise die Schiebetür öffnet.

Sie spürt den Luftzug auf ihrer schweißfeuchten Haut.

Der Duft alten Öls steigt ihr in die Nase – die offenen Paletten mit den gebrauchten Motoren. Schmitt erinnert sich, dass sie kaum hüfthoch sind. Sie lässt sich auf den Bauch nieder, robbt in den Zwischenraum zwischen zwei Paletten und weiter in die Deckung des Kartonstapels, der daneben, wie sie weiß, etwa drei Meter hoch aufragt. Mit der Stirn stößt sie dagegen.

Sie stoppt, hält die Luft an.

Die Schritte, die sie anfangs gehört hat, sind näher gekommen. Kleidung raschelt. Sie hört jemanden atmen: ein Mann mit großem Lungenvolumen.

Schmitt schließt wieder die Augen und presst die Finger dagegen.

Verdammtverdammtverdammt!

Sie zückt ihre Waffe und zielt, auf dem Bauch liegend, in die von Lichtschlieren verhängte Dunkelheit. Sterne tanzen vor ihren Augen. Sie gibt das Zielen auf.

Sie spürt eine weitere Vibration, mit dem ganzen Körper. Das ist nicht derselbe Mann: dieser ist genau so schwer, aber nicht trainiert. Er tritt mit der Ferse auf, nicht mit dem Ballen.

Es sind zwei. Der zweite Mann betritt gerade die Halle.

Der erste Mann ist drin, er nähert sich langsam. Schmitt schätzt, dass er in vier, fünf Schritten den Kartonstapel passiert hat. Schaute er dann nach rechts, würde er sie liegen sehen.

Schmitt, unsicher, ob das Licht dazu reicht, streicht mit den Fingerspitzen rückwärts entlang der Kartonflanke des Stapels. Kriecht langsam nach hinten, bis sie die hintere Ecke des Stapels erreicht. Sie rollt sich hinter den Stapel, erhebt sich lautlos, lauscht, gebückt, mit angehaltenem Atem.

Sie erinnert sich der Transportkistenlatten, die auf der anderen Seite des Kartonstapels herumliegen. Solide, meterlange Latten. Zwei zusammengenommen, mit beiden Händen sicher umfasst und schnell bewegt: Das hat eine gute Hebelwirkung und ausreichend Schlagkraft, um einen Mann flachzulegen.

Sie lauscht. Nichts.

Nach ihrer inneren Karte, die sie bei Licht von der Halle angelegt hat, reicht die Deckung des Kartonstapels fast bis zu den Latten. Es sind vielleicht noch drei, vier Schritte.

Ihre Hand streift zur Orientierung leicht an den Kartons entlang.

Erster Schritt.

Zweiter.

Der Kartonstapel endet.

Schritt drei.

Sie hört das Sirren zu spät. Zwei Latten zusammengefasst, schnell bewegt, haben eine gute Hebelwirkung und ausreichend Schlagkraft, um eine Frau flachzulegen. Sie duckt sich reflexhaft von dem aggressiven Bewegungsgeräusch weg. Das Holz kracht nicht an ihren Kopf, sondern auf ihre Schulter. Sie hört darin etwas brechen und spürt den Schmerz in ihren ganzen Körper strahlen. Ihre Dienstwaffe geht zu Boden und rutscht davon.

Schmitt kann sich nicht darum kümmern, dass sie verletzt ist und entwaffnet.

Auch die Latten sind auf den Beton gescheppert.

Das gibt Hoffnung: Der Schläger ist ungeübt, hat seine Kraft nicht im Griff, so dass die Wucht des Schlages ihm die Latten aus den Händen getrieben hat.

Sie springt, zugleich die Beine zu mächtigen Kicks ausholend, in die Richtung, aus der die Latten geführt worden sind. Sie stößt mit dem rechten Schienbein so heftig gegen etwas Hartes, wo sein Kopf sein müsste, dass sie glaubt, ihr Bein breche. Sie fällt und hört, wie der Mann, dessen Kopf mit aufgesetztem Nachtsichtgerät sie getroffen hat, ebenfalls zu Boden geht.

Schmitt rollt sich nach hinten ab, kommt auf die Füße, bewegt sich schnell wieder nach vorn, bis sie den Liegenden mit dem linken Fuß erwischt. Sie tritt mit aller Kraft zu. Sie trampelt auf dem weichen, warmen, in Stoff gehüllten Körper herum, konzentriert sich bei jedem Tritt auf den Gedanken: Im Inneren dieses Körpers liegt das Ziel deiner Energie – um sicherzustellen, dass sie sich aufs Töten richtet.

Mit einigen blauen Flecken soll es nicht getan sein.

Als sie spürt, dass seine Körperspannung nachlässt, beugt sie sich über ihn, tastet mit fliegenden Händen nach seinem Kopf und dem Nachtsichtgerät.

Sie spürt hinter sich eine Veränderung, duckt und dreht sich dem entgegen, was sich nähert. Ein heftiger Schlag trifft die rechte Seite ihres Brustkorbs, wo sie den Arm nicht zur Deckung hochnehmen kann, und treibt die Luft aus ihren Lungen.

Sie weiß sofort: Das ist ein erfahrener Kämpfer.

Mit aller Kraft tritt sie nach dem Angreifer, doch in der Höhe, in der sie seinen Kopf zu treffen erwartet, trifft sie etwas, das sich nach einem sehr soliden Unterarm anfühlt.

Dieser Gegner ist ihr allein durch seine Größe und sein Gewicht so überlegen, dass sie keine Chance gegen ihn hat. Es sei denn, sie bläst ihm gleich das Licht aus. Sie versucht, höher zu kicken. Zwei, drei Mal. Würde sie seinen Kopf erreichen, müsste ihn die Wucht der Kicks zumindest kurz benommen machen. Aber er deckt sich und weicht blitzschnell aus. Auch er hat ein Nachtsichtgerät. Seine Tritte und Schläge finden ihr Ziel. Sie weicht zurück. Ihre Flucht endet nach ein paar Schritten am Kartonstapel.

Wieder versucht sie einen Kick weit nach oben. Er schafft es, ihr Bein in der Luft zu packen, und wirft sie mit einer schnellen Bewegung auf den Rücken.

Wissend, was jetzt kommt, schnellt sie zur Seite, wird jäh vom Kartonstapel gestoppt. Sie schützt ihren Kopf und rollt sich zusammen.

Die Tritte haben die Wucht einer Dampframme. Er tritt immer wieder in ihre Nierengegend, und der Schmerz lässt sie ihre Deckung öffnen, um ihm nicht den richtigen Winkel zu bieten. Er trifft ihren Bauch, ihre Brust. Sie kauert sich zusammen, kommt auf die Füße, richtet sich an dem Kartonstapel auf.

Nun setzt er wieder seine Fäuste ein. Sie findet zwischen seinen Treffern keine Möglichkeit zur Abwehr. Gesicht, Hals, Brust, Bauch. Sie rutscht an den Kartons wieder runter, kraftlos, den unverletzten Arm zur Deckung irgendwie vor ihrem Körper haltend. Er trifft mehrfach schwer ihren Kopf, und noch mehr Sterne explodieren in der Dunkelheit vor ihren Augen.

Eine große Hand mit der Kraft eines Schraubstocks schließt sich um ihren Hals. Drückt ihr die Luft am Kehlkopf ab, während sich Daumen und Mittelfinger tief und schmerzhaft in die Seiten ihres Halses bohren. Der Mann greift mit der anderen Faust in ihr Haar und schleift sie rücklings über den Boden. Sie versucht, mit den Beinen nachzudrücken, mit dem gesunden Arm nach seinen Unterarmen zu greifen, um den Zug zu lindern. Erfolglos. Mehr als Kratzer zu hinterlassen, schafft sie nicht.

Er zieht sie mit gewaltiger Kraft auf die Beine, auf die Zehenspitzen. Sie spannt die Halsmuskeln an, aber es ist zwecklos, nach Luft zu ringen. Sie tänzelt verzweifelt auf den Zehen, den Mund aufgerissen. Hebt die Arme. Den rechten bekommt sie nicht nach oben. Schmerzimpulse schießen durch ihre Schulter, als sie es aus reiner Not weiter versucht. Mit der linken Hand greift sie nach seinen Armen, seinen Händen, um sich irgendwie aus dem Griff zu lösen. Sie hebt ein Bein, um sich von dem Kerl abzustoßen. Trifft seinen Körper, aber nicht frontal.

Wenn sie nur etwas sehen würde!

Sie legt all ihre schwindende Kraft in ihre Kicks. Bis sie bemerkt, dass ihre Beine nur noch zucken.

Ich!

Will!

Luft!

Ein Licht erscheint. Das Licht ist kalt und klar, es entsteht zwischen ihren Augen und hat die Tiefe der Unendlichkeit. …

***

Der schwarze Mercedes ist scharf, der weiße Transit kurz davor, im roten VW fehlen noch einige der Sprengsätze.

Sie sind im Plan.

Morgen ist der Tag. Es wird eine Live-Übertragung. Den Link haben sie vor einigen Stunden in mehreren Foren gepostet. Bei Facebook ist er schon einige Male geteilt worden. „Historisches Event für die nationale Sache: Blitzkrieg live! Dabei sein, glücklich werden, Beifall spenden", heißt es im Text.

212 mal „gefällt mir" nach drei Stunden. Immerhin.

Gelegentlich nimmt einer von ihnen die Videokamera, um die historische Arbeit, die sie leisten, zu dokumentieren. Sie reden wenig, alle Handgriffe sind eingeübt.

Eine brüchige Stimme reißt Popov aus seiner Konzentration, als er gerade die Kabel von den Sprengsätzen im Transit an der Stelle zusammenführt, an der er das Handy befestigen wird, das die Zünder steuern soll. „Was sind das für Kabel an den Koffern?"

Popov erschrickt so sehr, dass er im Umdrehen das Gleichgewicht verliert und mit dem Kopf ans Hecktürscharnier schlägt. „Scheiße", stöhnt er und hält sich die Stirn. „Was zum Teufel …"

„Ich dachte, ich schau' mal vorbei", sagt der Junge.

Wie heißt der noch?, fragt sich Popov. Benny? Dennis? Verdammt, ich war von vornherein dagegen, ihn so nah ranzulassen.

Er tauchte in den letzten Wochen einfach auf. Seinem Gerede zufolge wohnt er irgendwo mit älterer Schwester und Eltern im benachbarten Neubaugebiet und geht in Fürstenwalde aufs Gymnasium. Stand rum wie jetzt, stellte Fragen, erzählte irgendwas aus seinem Leben. Im Haus war er nie. Er schien einfach so vorbeizukommen, und wenn jemand draußen zu sehen war, quatschte er ihn an.

Meyer versuchte, ihm die Grundlagen der völkischen Bewegung nahe zu bringen. Aber entweder der Junge ist naiv, oder mit seinen 14 Jahren einfach noch nicht so weit – er hörte sich alles an, brachte ein paar Sätze Schulwissen oder was er am Fernseher gehört hat, und blieb ungerührt bis dahin, dass er einmal tatsächlich in völlig arglosem Tonfall fragte: „Seid ihr Neonazis? Wir hatten das in der Schule."

Bauer antwortete: „Wir sind Aktivisten des nationalen Widerstands."

Dafür schrie Jankowicz sie an, als der Junge gegangen war. Aber Bauer hatte wohl recht, als sie sagte: Der merkt doch nichts.

Der Junge steht mit den Händen in den Taschen seiner Jeans und reckt den Kopf, um besser in den Transporter schauen zu können. Die Pickel auf seinen Wangen glänzen fettig. „Und, was sind das nun für Kabel?"

„Kabel halt", sagt Popov. Was soll er sagen?

„Warum sind in dem schwarzen Transporter da alle Kabel an einem Handy angeschlossen?"

Popov wird es heiß. „Och, wir probieren was aus", improvisiert er.

„Ich habe versucht, einen Drachen zu bauen. Aus Stangen und Stoff und Schnur. Da war so eine Anleitung in einem Comicheft“, sagt der Junge und schaut in den Transit.

Popov ist dankbar, dass das Thema wechselt. „Und?“

„Ich habe ihn gebaut. Nicht hundertprozentig so, wie es da stand, weil ich nicht alles Material hatte. Aber nah dran.“

Popov schließt so beiläufig wie möglich die Hecktüren des Transit. „Fliegt er?“

„War noch kein Wind.“

Jankowicz tritt aus dem Portal des alten Bauernhauses, in der Hand einen der mit einer Gasflaschenbombe und Metallschrott gefüllten Koffer für den roten VW. Als er den Jungen sieht, zögert er. Geht zurück ins Haus.

„Was ist in den Koffern?“, fragt der Junge.

Popov zieht die Schultern hoch. „Ach, in den Koffern ist irgendwelcher Schrott. Wir misten aus.“

„Ihr könntet bei der Abfallwirtschaft anrufen, die holen den Sperrmüll ab“, sagt der Junge. „Man schmeißt ihn nur vors Haus.“

„Das wussten wir nicht“, sagt Popov, zieht seine Marlboros hervor und zündet sich eine an. „Wir sind ja noch nicht so lange hier.“

Der Junge schüttelt den Kopf. Sein kurzes blondes Haar leuchtet in der Sonne. „Man muss den Sperrmüll auch nicht in Koffer packen. Habt ihr die extra gekauft?“

„Die waren billig. Im Internet gekauft.“

Der Junge schüttelt den Kopf. Schrott im Koffer!

Jankowicz erscheint wieder in der Haustür, schlendert die Treppe herunter und fragt Popov mit einer vagen Kopfbewegung Richtung Zigarette: „Haste noch eine für mich?“ Er schaut den Jungen an. „Hallo Dennis. Keine Hausaufgaben?“

„Hallo. Nö. Schon gemacht. War nicht so viel.“

„Wir hätten den Schrott in den Koffern auch von der Stadtreinigung abholen lassen können, statt ihn mühsam zu verpacken“, sagt Popov rasch.

Jankowicz nickt langsam und schaut verwirrt, schaltet dann doch. „Ach so. Na, das ist ja was.“

„Und was sollen die Kabel?“, fragt der Junge wieder.

„Eigentlich nur Spielerei“, sagt Popov. Die Männer rauchen. Dem Jungen geht sichtlich etwas im Kopf herum. Etwas Aufregendes, das ihn nicht auf dem Fleck hält. Er sagt in einem wichtigtuerischen Ton: „Im Fernsehen habe ich gesehen, dass man mit Handys Bomben zünden kann. Das sah so ähnlich aus wie in eurem schwarzen Wagen da.“

Die beiden Männer schauen einander an. Popov lacht etwas zu fröhlich. „Ach, geht das? Das wusste ich gar nicht." Jankowicz lacht ebenfalls.

„Ja", sagt der Junge noch immer arglos. „Das waren aber richtige Bomben, so mit Metallmantel. Die haben mehrere davon an ein Handy geklemmt, so dass man einfach nur an den Kabeln zu ziehen brauchte und die vergrabenen Bomben am anderen Ende finden konnte. Das war so sternenförmig verkabelt, wie …"

Jankowicz und Popov ziehen fragend die Augenbrauen hoch. „Wie was, Benny, wie was?" drängelt Popov.

Dennis hat sagen wollen, „Wie in eurem schwarzen Auto". Im selben Moment sieht er klar. Die drei Transporter, die vielen Koffer, die Kabel, das Handy, das in dem schwarzen Mercedes an den Boden montiert ist und bei dem alle Kabel zusammenlaufen. Er steht wie jemand, der überraschend von Freunden mit Eiswasser übergossen wurde: Ungläubig, fassungslos, aus Verlegenheit und Verbindlichkeit gegen seinen Willen lächelnd.

Die beiden Männer lächeln nicht.

„Aber das ist natürlich alles Quatsch", sagt der Junge mit dünner Stimme. „In Wahrheit geht das sicher gar nicht. Mein Vater sagt immer, dass in Filmen alles erfunden ist." Er lacht unsicher. „Ich muss jetzt gehen." Er tritt ein, zwei, drei Schritte zurück.

Popov öffnet die rechte Hintertür des Transit und greift sich den Hammer aus der Werkzeugtasche.

Der Junge rennt los.

Popov erwischt ihn am Hoftor. Der erste Schlag auf den Hinterkopf streckt Dennis nieder. Zuckend liegt er auf dem Bauch. Popov schlägt vier, fünf, sechs Mal nach, dann ist Jankowicz bei ihm und hält seinen Arm fest. „Der ist erledigt. Mehr Schweinerei musst du nicht anrichten."

Über den sterbenden Jungen hinweg, aus dessen Kopf Blut und Hirnmasse pulsieren, geht er zum Hoftor. Er will es gerade zuschieben, da steht das Mädchen da, die Hände vor dem Mund, in stummem Entsetzen. Dennis' ältere Schwester, Marie, wie sie aus seinen Erzählungen wissen. Sie trägt ein weißes Kleidchen, zu kindlich für ihren pubertierenden Körper. Sie ist verschwitzt, als wäre sie gerannt. Ohne auf irgendetwas zu achten, geht sie langsam, widerwillig, als würde sie gezogen, die drei, vier Meter zu ihrem Bruder.

Der Ausfluss der Wunde ist zum Stillstand gekommen. Sein Herz hat aufgehört zu schlagen.

Jankowicz schließt das Tor und legt mit einem Kopfschütteln den Riegel vor.

Popov starrt das Mädchen an, breitbeinig steht er da, den tropfenden Hammer in der Faust, voller Spannung.

Das Mädchen schaut von der Leiche ihres Bruders zu Popov, dreht sich so rasch um, dass sie einen ihrer Flipflops verliert, nur um das Tor geschlossen zu finden und Jankowicz gebeugt in ihre Richtung starten zu sehen. Das Mädchen gibt einen Schrei von sich, hoch und spitz wie der Warnton eines fliehenden Vogels. Rennt diagonal über den Hof.

Jankowicz beschleunigt nicht seinen Schritt. Als sie sich nach ihm umdreht, ohne Ausweg an den abblätternden und von aufsteigender Feuchtigkeit dunklen Wänden der Hofecke angekommen, spürt er die Lust am Töten in sich aufsteigen. Das Gefühl grenzenloser Macht. Sie sieht dies in seinem Gesicht. Duckt sich wieder zur Wand. Geht zitternd in die Knie. Nimmt die Hände über den Kopf.

Wie die Mädchen, die er diszipliniert hat mit den russischen Kameraden in Tschetschenien bei „Säuberungen“. „Schwarze“ nannten die russischen Kameraden sie; das seien solche, die mit Sprengstoffgürteln die U-Bahn nähmen, wenn sie nicht von ihnen die „Sonderbehandlung“ bekämen.

Die russischen Kameraden sagten auf Deutsch: Sonderbehandlung.

Jankowicz zerrt das Mädchen am Kleid auf die Füße, dass die Nähte krachen.

Nachts haben sie die Häuser gestürmt, haben die Männer und Jungen zusammengetrieben, gefangen genommen, erschossen. Den Frauen und den Mädchen nahmen sie die Kleider, sperrten sie irgendwo ein oder ließen sie bei den Verhören und Liquidationen der Männer zuschauen: Die ganz Alten und die ganz Jungen verschonten sie. Die Kampffähigen wurden gefangen genommen oder gleich mit Genickschüssen erledigt.

Dann haben sie sich über die Frauen hergemacht, Wodka aus der Flasche saufend, singend, grölend, Salven in die Dunkelheit schießend. Der Blick der „Schwarzen“ war derselbe wie der hier der Schwester des Jungen, der zu viele Fragen hatte.

Ihre Angst erregt ihn.

Blutige Orgien im Schnee.

Das Mädchen schreit wieder, als er sie am Arm packt. …

****

„SCHMITTS HÖLLE – Verrat.“ Überall im Buchhandel, als E-Book und gedruckt (ISBN: 978-3-7412-9978-0)

Schmitt auf Facebook: facebook.com/schmitts.hoelle
Wenn Sie die Seite mit „Gefällt mir“ markieren und sich benachrichtigen lassen, erhalten Sie Informationen über die Thriller mit Sibel Schmitt.